路遇最美风景

月又白/著

中国出版集团
東方出版中心

目　录

墨西哥　古巴篇 | 101

阿根廷　南极篇 | 125

中国篇 | 159

英国　爱尔兰篇

乡村早晨

清晨，英格兰的乡间。除了小路和小河，满眼尽是浓浓的绿色。草地平坦，树木葱茏。

空气清新，我真想在草地里快跑，又想在河边慢行。可一群奔跑的羊，却让我停下了脚步。不远处，是一处缓坡，覆满了绿草，树木依稀。一个牧民，开着拖拉机，在那缓坡上，时快时慢地前行。拖拉机后面，时断时续地撒下羊食。成群结队的白羊，在草地里，一会儿奋力奔跑，一会儿埋头寻觅。牧民不用说一句话，不用甩一下鞭，便神气活现地指挥着羊群，一忽儿东，一忽儿西，一忽儿快，一忽儿慢。真羡煞我这个旁观者，恨不得做几天牧民，也尝一尝，被羊群追求的滋味。

那一条小河啊，别说有多清澈，多安宁。河里青草丛丛，菱叶点点。河岸的绿草，蔓延到水面；此岸的树木，斜着长到彼岸的上空。还有那不甘沉沦的树，倒在水里，却顽强地长出了生机勃勃的细枝嫩叶。河边的柳树，垂下婆娑的绿条。天空中的鸟儿，会不会以为，那就是青春少女，在埋头梳洗青丝。虽不见太阳，河里的树影依然那样清晰。河边的树木，每天醒来，可以给自己照照镜子，看看腰身的粗细。

一只白鹅，躺在河边草地里，睡得正香。它向后扭着脖子，把头埋在厚厚的羽毛里。那白色的羽毛，便是它御寒的棉被。我的靠近，惊醒了它。它伸着弯弯的脖子，就像伸出一个白色的大问号，似乎在问我，这么早，乡村可美好？

几只野鸭下水了，河里漾开了涟漪。

河上跨着一座多孔的桥，石栏斑驳。桥头傍着一棵高大的柳树。一只野鸭立在桥栏上，东张西望，时而扭头看看身后，时而抬头走到柳枝下，时而低头倾听着。栏杆上没有食物，既不能安睡，又不能稳坐。它会不会把这里作为约会的地点，正在等待心上人的出现？

开阔的草地里，野鸭三个一群，五个一伙。两只野鸭，蓦地飞起，第三只也尾随而去。它们掠过草地，飞过树梢，越飞越高，成了水墨天空里，三个移动的黑点。

树林里躲着古老的房屋，被草地团团围住。我不知道屋里是否住过诗人，我只知道草地里，到处是诗禽。

五月的贝尔法斯特

贝尔法斯特是一座非常清洁的城市，从天空到大地，到房屋。望着那蔚蓝的天空，觉得自己的眼睛突然亮了起来；看着那些悠闲的白云，好像被水洗过，你就想钻到里面去，睡睡觉，做做梦。

那些房屋，不论是现代的，还是古老的，总觉得，比人们身上的衣服还干净。是政府在给它们干洗，还是上天在给它们湿洗？

至于那些草地，分明是大地上铺着的绿毯。人们躺在上面，就像躺在自家床上一样。还有那路面，干净得真想在上面打几个滚。

一阵五月的风拂过，掀起她的红裙，吹动她的金发，她好像是从哪幅画中走了出来。她，只是贝尔法斯特街上的一个匆匆过客，阳光让她的身体格外鲜艳，双腿格外白，脸庞格外生动。

一幢古老的红房子前，围着一方绿草地，草地里斜躺着一位男士，英俊随和。他手里拿着刀叉，把草地当餐桌，就这样津津有味地品起了佳肴。草地上的阳光和树影，成了他的调味品。

市政厅广场上，休闲的人们在尽情地放松。

在这光天化日下，在草地的树荫里，一位中年女子，向一位男子发起了进攻。她把他按倒在草地上，变换着姿势搂抱他，热烈地亲吻他，一次又一次。她的笑声是那样的开心，树上的鸟儿听了，嗖的一声，飞上了蓝天，也去寻找另一半。男子被欺负得无力反抗，犹如牧童胯下一头顺服的牛。

我怀疑这对男女是法国人，因为在浪漫这件事上，法国人遥遥领先，令人羡慕，却难以模仿。草地里，很多痴情小伙，把恋人当宝贝搂在怀里，当婴儿呵护着。他们的地位，怎能与这位“被欺负”的男子比拟。

一位西装革履的老人，白发苍苍，坐在椅子上，埋头看报。他沉浸在报纸的内容里，用笔在上面认真地画着。太阳渐渐偏西了，他的报纸还没看完。也许，这几张报纸，将要打发他半天的时光。

市政厅门前的大街上，人来人往，热热闹闹。几声尖叫，划过街道上空，不是警笛声，而是小孩的哭喊声。循声望去，只见一个红衣少妇，正哄着童车里的小男孩。小男孩的哭声表达了他的心声。他不舒服吗？他饿了吗？都不是！母亲把一个电子产品递到他手里，他顿时安静下来。那浮云般的虚拟世界，居然代替了街道上的花花世界。

街边，一位黑衣男子，左手牵着一条黄狗，右手捏着一瓶矿泉水。狗的头颅高高抬起，男子正把矿泉水源源不断地灌入狗嘴里。狗有了主人便不流浪，人有了家便不流浪，家有了国便不流浪。

一个小男孩，手里拿着纸飞机，借着风，把它送上了街道的上空。一颗活泼的童心，也跟着升上了天。

日落时分，我来到郊外。路边的草场，被西斜的太阳吻得发亮，被长长的树影抱得发黑。那些肥羊，东一只，西一只，在茂盛的草地里徜徉。白色的羊毛，在夕阳里，渐渐变成金黄，在树影里，又变得清凉。小羊们卧在草丛里，远看就像一只只小白兔，沉浸在绿色的梦乡里。

海德公园的动物与孩子们

海德公园是动物和孩子们的乐园，大人们在这里尽情享受自然。

公园里，草地如绿毯，高高低低的树木，错落有致地点缀其间。人们在草地里，仰天躺着，朝地卧着，盘腿坐着。一丝宝贵的阳光洒落下来，粗壮的树干立刻斑驳起来，点点的亮，点点的暗。风吹树叶，这些亮与暗，便在树身上飘忽起来。

孩子们喜欢往柳树底下钻。那婆娑的枝叶，是绿色的巨伞，是绿色的帐篷。他们在根根绿丝里低着头，绕着，笑着。

一棵大树底下，落满鲜嫩的白花，鸽子踩在上面，眼神里流露出舒适的光。

戴安娜王妃纪念喷泉是个勾引孩子的地方。那水花总是含着笑，那弯弯的水道，总想把孩子们搂进怀抱。你看，一个小女孩，光脚走在池水里。流水围着她的小腿打转。她的脚底太舒服了，比踩在沙滩上还要舒服一百倍。池水没有外溢，笑容却从她脸上流淌出来。另一个小女孩，迫不及待，向后张开双臂，直想飞入池水里。两个小男孩，在喷泉柱间，轻声地叫，开心地跳。他们俩，你推着我，我推着你，就像调皮的浪花，你追我赶。

九曲湖里温情的一幕，吸引了我，也吸引了对对情侣。我见过鸟儿在树上筑巢，却从未见过水鸟在湖面上做窠。湖水很清，可以看见水里的网。在一张横着铺开的网上，浮着个鸟窠。鸟窠已有帽子大，由根根凌乱的黄草层层垒起。鸟窠的顶部，匍匐着一只灰身黑头的水鸟，像是在孵蛋，又像是在做梦，高高在上，尽享安逸和关爱。另一只水鸟，在湖面上来回忙碌。瞧，它正叼着一块小黄布，一路拖过来。我不知道这块布，是要送给它的另一半，当被子盖，还是当床单垫？我走了，但愿今夜的风，不要吹破它们的爱巢；但愿纯洁的浪花，轻轻地为它们歌唱。

九曲湖里的游船，大多被年轻人掌控。看，一对小情侣，正有一脚无一脚地踩着船。心在爱河里荡漾，手就像铁锚一样，紧紧地连在对方身上。一个秃顶老人，坐在蓝色小船里，一左一右地摇动着双桨。我看得出，他少壮很努力，年老有活力。

草地里的一棵大树，顶天立地，我担心它会挡住云的去路。一个金发女子，背靠树干，坐在草地里，远看，就像树底下冒出的一颗小蘑菇。

孩子的脸，一会哭，一会笑。伦敦的太阳，却是一会躲，一会照。四月已近尾声，人们大多穿着较厚的衣服。一个矫健男子，衣着单薄，光着腿，在草地里踢足球。他猛地一脚，将球踢起。球在空中箭一般地向前，向上，然后徐徐坠落，坠落！看，他的双脚，腾空而起，似腾云驾雾。他那黑色的身影，在草地里也跟着抖擞起来。

水上伯顿

科茨沃尔德的座座山包，就像慈母披着绿衣的丰满乳房，哺育了一条默默无闻的小河。河水流经一座古老而宁静的小镇，这里便是水上伯顿。

一条小巷，这边是石墙，被岁月浸润成灰色，墙缝隙里藏着乡民们一道道眼神，和一幕幕憧憬。小巷的另一边，是整齐的树墙。树墙守着石墙，就像温柔的女子，守着渐老的丈夫。

英格兰的天空难得露出灿烂的笑脸，总是多愁善感的样子。步入小巷，小雨便纷纷扬扬地洒了下来。

河边的路灯亮了起来，金黄的倒影投入小河的环抱，如明镜里映出的淡淡火焰。野鸭缓缓游过，嫩黄的灯影随波颤抖。河水很清，很浅，河底的细沙碎石历历可见。

雨歇了，天亮堂了，河里的树影纵横交错。柳树的倒影朦胧而婆娑，如晨雾里的短发仙女，若隐若现，似梦似醒。

河边的草地是那样的清新碧绿，日日夜夜做了野鸭们匍匐的温床。河边一棵大树，分明是站立不动的小丑。弯曲的枝条，如小丑滑稽的腿和臂，不声不响地让你停住了脚步，仰望愈久，怀念愈深。

小河很蜿蜒，蜿蜒在绿树丛中，蜿蜒在尖顶的石屋旁。

河上的石桥很古老，形如涉水而过却突然停下来的河虾。桥沿上坐着四个年轻印度人，内心的喜悦洋溢在他们脸上，绽放出开心的笑容。烟云集拢过来，河里不见他们的倒影，河畔却飘散着他们的欢声笑语。这笑声穿过树间的缝隙，穿过洞开的窗户，钻进了寂静的河畔人家。

河上的小桥不高，新月般地跨在河面上。一个小男孩赤着脚，撸起裤腿，钻到桥洞里，埋头弯腰，寻寻觅觅。他要将童年的脚印，留在河床里，藏在桥洞下，刻在心坎上。

小河是野鸭的乐园。

一只野鸭悠闲自得，顺流而下。

一只野鸭缩着脖子，立在河中的石头上，一动不动。它是否在思考，今晚将何去何从？抑或是嬉戏得太累了，只是在此稍作片刻的停留？

一只野鸭，悠闲地拨动着双掌，在河水里，上行，横行。

一只野鸭，张开翅膀，蓦地跳上岸来。

一只野鸭，从河水里腾空而起，箭一般地斜飞而去，穿越了河道上空，穿越了树梢，稳稳地立在石屋的屋脊上。我伫立河边，呆呆地追寻着那只野鸭的踪影，羡慕地凝视着。这水陆空里逍遥自在的精灵啊，我把它放在心上，它可把我放在眼里？

河水与树相依相恋。两排大树，浓密的枝桠围成了一方绿色长廊，笼罩在小河上空，为小河遮挡烈日。一棵小柳树，斜着长到河道上，人们怕它根基不深，随波逐流而去，于是在河道里撑起木桩，深情地挽留它。流水轻抚着柳枝，拨动着它的心弦，牵扯着它的缠绵。

小镇的石屋令人难以忘怀。黑色的屋顶，尖尖，斜斜。窗户明亮又端庄，为小屋通风和增光。门总是沉默不语，主人归来时，便吱吱呀呀。石屋的屋顶，错落有致地立着根根烟囱状的方柱。我没见到屋顶的缕缕炊烟，却蓦然增添了对小屋的许多爱恋。

石屋的墙壁是那样的不寻常。块块淡黄的石砖，垒成面面温馨的墙。石墙是发黄的照片，尘封着昨日的故事；石墙是纯洁的银幕，日月之光在上面任意涂抹；石墙是泛黄的宣纸，树影借着风，在上面左涂右画。如果夕阳西下，我也想让背影，在墙上瞬间变成画。石墙不怕野火，不怕暴雨，不怕狂风，它只怕墙内的人空虚和自封。石墙外的空地上，多有鲜花烂漫，石墙上也有藤叶缠绕。石墙明白，墙外有草有花，不如墙内有一个大写的他。

一只斑鸠，立在屋顶，向我频频点头，嘴里不断地发出“咕-咕-咕咕”的叫声。它那柔软的、毛茸茸的胸部，一起一伏，好像在深情地告诉我，小镇实在古。

村旁围绕着绿油油的草地。牛儿在上面静卧，咀嚼；马儿摇着尾巴，不肯呆坐。

村外横躺着不高的山包，绿草满坡。给我宽松的时间，我要冲上那山腰，以青草为席，拥抱大地；给我足够的时间，我要爬上那山顶，与山花同寝。

查茨沃斯庄园

查茨沃斯庄园位于峰区国家公园内。一条清澈的河流，在庄园里流淌，河的这边是平地，河的那边是山坡。两岸草地绿油油，两岸树木各有千秋。河边的山坡，既柔软又和缓。我很想从倾斜的山坡上，慢慢地滚到清澈的河水里，然后一骨碌爬起来。那将比从山崖往下跳水，还要快乐万分。

周边山顶，一片葱茏，白云垂得很低，总想去抱它，吻它。

天空中的云，不知何时变成了浓浓淡淡的墨汁，在蓝天里任意挥洒。太阳从云峰里照射下来，青草地里尽是阴凉的黑树影。

庄园里的建筑很古老，里面藏着很多故事。建筑内的雕像，逼真又迷人。男子雕像，女士看了会痴心；女子雕像，男士看了会妄想。

斜斜的青草地里，暖洋洋的太阳下，坐着一对男女。男子自愿做了女子的椅背，他一手搂着她的腰，一手小心翼翼地给她喂饮料。她的双膝上，放着一本书。她嘴里吞着爱的甘露，眼里吸着知识的营养。庄园里的小河，况且能搂着软绵绵的草地，日日夜夜给它喂水。男子又为何不能，搂着心爱的人，给她喂几口饮料。

庄园里有处台阶，哗啦啦地淌着水。两个长衣长裤的小女孩，喜欢上了这一层又一层的瀑布。她俩笑呵呵地坐到瀑布上，裤子都湿透了，父亲在一旁跟着，奈何不得。父亲呀，你别不高兴！既然大树都盼望雨水来洗刷，为什么孩子的屁股，不能让奔流的水花来洗一洗？

庄园里有处假山，假山上的水，白线般滴到下面的池里。池边是向上爬升的青草地，草地里开着白花，东一片，西一片。有个幼儿，不把假山和树放在眼里。他只对小东西感兴趣，时而站立，疑惑地望着水中的鸭子，时而弯腰摸着小草，时而低头闻着花香。他把一旁的母亲忘得精光。母亲假装独自离开，孩子哭着跟了上来。母亲开心地笑着，两排白牙，幻化成了空中的两排鲜花，盛开在草地之上，树枝之下。

站在这边，眺望对面的山坡。坡顶的树木黑压压一片，弥漫天际线。山坡起起伏伏，绿油油的草地里，点缀着婆娑的树。白色的羊群星星点点，在宽阔的草地里很不起眼。时间让我们模糊人和事，距离让我们模糊景和物。就在来时的路上，我还看到一只羊的腹部，用阿拉伯数字写着蓝色的“70”。相隔太远，竟分不出它们的头和尾。然而，草地里有了羊，白云也愿意在天空多徜徉。

河边平坦的草地上，码放着一堆堆粗大的长木。孩子在长木下钻，在长木旁躲，在长木上爬。

飘荡在爱丁堡街头的泡影

爱丁堡用蓝天和骄阳迎接我，我用尊重和珍惜回馈它。

走进爱丁堡城堡，仿佛走进了历史舞台。那些古老的房屋，默默地诉说着曾经的莺歌燕舞，曾经的风风雨雨。城堡里的往事太多太多。这里有天堂，也有地狱。这里曾经闲人免入、戒备森严，如今敞开大门，人流如织。是光阴在流，还是世事在变？

站在卡尔顿山上远眺，排排尖顶房屋，沐浴在艳阳下，几处黑色的尖塔，静静耸立。福斯湾里一片白色的孤帆，仿佛一动不动，又仿佛在坚定地前行。

山上游人不断，有匆匆忙忙东张西望的，有席地而坐、促膝谈心的。山上的天文台经常被人们视而不见，很多人关心地理，几人能懂天文。在诗人的眼里，星星不过钻石般闪烁；在深山老林长者眼里，冬天的太阳还不及手里的火炉温暖；在孩子的眼里，夜空里的圆月也不过足球般大。

王子街公园位于新城和老城之间的谷地上，绿草如茵，树影婆娑。在这里，你不必回味过去，展望未来，只需沉浸在当下。如果有时间，你就尽情地在阳光下昏睡，在草地里卧着，躺着。当你厌烦了身下的那块草地，你还可以打几个滚，换个更软和的地方。你千万别老是仰望那高高在上的灰色城堡，那林立的黑色尖塔。要不，你会被爱丁堡的历史淹没。但你也别学那时尚的苏格兰议会大厦，偏要跟周边的古建筑对着干。

在街头，经常能看到司各特纪念碑黑色的身影。人们为文学家树立如此高大的纪念碑，可见爱丁堡是文学的沃土。文学的种子在这里生根发芽，在这里遍地开花。一个能孕育文学家的地方，想必也是一个真善美蓬勃生长的地方，一个散发着灵气的地方。

爱丁堡的老屋让我久久难忘，灰色的外墙泛着岁月洗礼的黑斑。从侧面看屋顶，人字形的墙头交汇成一个长方体，长方体的上面立着几根圆柱。就是这些看起来无用的圆柱，齐刷刷地伸向天空，仿佛插在笔筒里的一支支蜡笔，随时可以在蔚蓝的天空里画上几笔。

皇家一英里大街两旁，发散出很多小巷，小巷自上而下，台阶层层。那布局，就像恐龙的骨架。小巷通过廊道与大街相连。小巷的一边有扶手，帮助那些自下而上、气喘吁吁的人。一位年轻的中国姑娘，抓着扶手，身体向下倾斜，一脸的笑容，一身的活力，仿佛要滑向恋人的怀抱。小巷边立着一棵树，树上的白花纷纷飘落，一位活泼的西方女子，挥着手，在空中连抓两下。她手里一无所获，她心里却乐开了花。

皇家一英里大道上，一男子在捣鼓着桶里的泡沫。五颜六色的气泡，在街道上空飘飘荡荡。一小男孩用手去捅它，翘着小嘴去追吻它。

众多蓝色的、紫色的泡影，缓缓地升到了街道上空，在透明的阳光里，发着可爱的光。阳光里的泡影，扣人心弦，像昨夜的梦，是那样的缤纷，是那样的绚烂。

都柏林的心声

圣帕特里克教堂沉浸在旧日的岁月里，不肯醒来。教堂边的草地，昏昏欲睡着。毕竟是五月，鲜花开得那样灿烂，芬芳的气息，感染了教堂和草地。教堂在人们的仰视中崇高起来，古井边的春草，也在我的注目下，一根根振作起来。

走进圣三一学院，太阳立即将人影送回大地。那些古典的建筑，也跟着亮堂起来。一股浓厚的文化气息，熏陶着校园的草地、鲜花和树木，熏陶着校园的角角落落，也熏陶着我那走走停停的身影。

一幢四层楼房，灰色的墙上泛着岁月浸润的黑。一长排爬山虎攀墙而上，在二楼的窗户下戛然而止，如绿色的垂帘披挂而下。一扇扇明亮的窗户，在绿帘里露了出来。

校园运动场上的草地里，一名女教师正在教一男一女舞蹈，三人穿着短衫，光着臂膀。老师的舞姿轻盈，身材匀称，笑容轻松。原来，人体就像蓝天里的白云，就像小溪里的甘泉，飘荡起来，流动起来，更有活力，更有韵味。

圣斯蒂芬公园里绿意盎然。草地里白花片片，两只鸽子低头缩颈地看着落花。草地里零星地挺拔着高大的树，在空中交织成另一个深深浅浅的绿色世界。草地里的男男女女，无不沉醉在满眼的绿色中。

有的三五成群地围坐在一起；有的成双成对地纠缠在一起；有的仰面朝天地躺着，两条张开的腿，快活得如兔子竖起的小耳朵。

儿童自然是公园里最活泼的因子。

一位父亲，看样子来自印度半岛，在草地里正与三个小男孩打斗。父亲把一个小孩打翻在地；把另一个小孩隔空压在身下，身下的小孩想撼动父亲强壮的手臂，就像蚍蜉想撼动一棵大树；而另一个小孩笑着跑来解救。父亲假装被他拉开，就势在草地上一滚，手脚朝天，头微微抬起，就像一头败下阵来被打得四脚朝天的老黄牛。一个孩子迷惑不解，闷闷不乐地走开，父亲怎么这样不堪一击？

一位母亲，肩上跨着个小女孩，母亲的两只大手，紧紧地按住女儿伸到胸前的两只小脚。女儿的两只小手，牢牢地抓住母亲的长发，在母亲的肩头左右摇晃起来。当她放开小手，抬头挺胸时，就像皇帝骑在骏马上，足够的威武和神气。

走出圣斯蒂芬公园，来到格拉夫顿街。街道不长，人流不断。我等匆匆过客，就像云朵飘过街道的上空，很快就不见了踪影。街头的艺人，应是这街道上的常客。他们的身影，他们的声音，经常在这里出现。

爱尔兰的踢踏舞，动作之快，像群鸡啄米，更像缝纫机飞针走线。舞者的脚步声，清脆而富节奏感，让人精神振奋，让人脚下平添许多活力。现场的笛声、吉他声和竖琴声，伴着悠扬的歌声，让我心海荡漾，就像春风吹醒花朵，就像细雨滋润禾苗。

台上那些风流倜傥的男舞者，英俊潇洒，活力四射，时而笑得像冬天的太阳，时而平静得像夜空里的明月。他们穿着黑衣黑皮鞋，既阳刚又亲和，让身旁的绿衣舞女总是黯然失色。男舞者的一举一动，总能让台下多情的女子神魂颠倒。人们全神贯注地听着，看着。观众席里鸦雀无声，稍有杂音，立即就被轻轻的嘘声压了下去。

爱尔兰的歌声和踢踏声，道出了无数人的心声。

莫赫悬崖

爱尔兰岛孤零零地漂浮在大西洋上，莫赫悬崖矗立于岛的西部一角。

天空淡蓝，白云悠悠，地面绿草茵茵，牛群悠然吃草。如果你骑着一匹骏马，在草地里纵情飞驰，千万要记得，草地的边缘是悬崖，悬崖下是一望无际的大海。这动人的天涯芳草，在很久很久以前，也许让那些目空一切的野生动物，一失足成千古恨。

艳阳高照，微风轻拂，丽人的绸衫，涟漪般微微颤动。

莫赫悬崖绵延很长，站在一角，你根本无法望到尽头。说悬崖像锯齿，也太小看它了。莫赫悬崖分明是海边的一群猛兽，有的向大海探出头，有的用滚圆的屁股对着大海，有的用墙壁般的巨肚，直挺挺地拦住大海。悬崖很任性，不听大海的使唤。大海想把它推倒，想把它掏空。悬崖反击，抖动着身上的岩石，用力地砸向大海。于是，在悬崖与海水的交汇处，我始终未见到柔软的沙滩。

莫赫悬崖上覆盖着松松的泥土，泥土上长着软绵绵的青草。悬崖下临深渊，那不知深浅的海水，总是铁青着脸，恐吓着岸上那些弯腰埋头，朝下望的胆小鬼。

悬崖边，有的地方用较高的石板拦了起来，挡不住风景，却给胆小的人足够的安慰。有的地方没有石板，悬崖上并排着一上一下两条土路。上面的土路凹凸不平，无遮无拦，向海面倾斜，斜坡上长着青草。下面的小路很平坦，一边是较高的土坝，给你安全感，也挡住了你的视线，一边是广阔的草地，用木桩和绳子隔开，让那些不长记性的牛儿，别匆匆忙忙地踏入大海。

奥布瑞恩塔耸立在悬崖上，很多人奔它而去。其实，古塔与悬崖相比，就像路灯与明月争辉，不可同日而语。

海面风平浪静，两条白色游艇，奔驰在蔚蓝的海面上，掀起雪白的浪花。海鸟在悬崖边的海面上，上下翻飞，叫声此起彼伏。离岸不远处，高高地挺立着一座尖尖的孤岛，灰色的身躯，定然坚硬无比。多少年的阵阵狂风，不能将它推倒；一波又一波的惊涛骇浪，不能将它掀翻。

悬崖的上面，惊喜不断。

三个年轻又时髦的西方女子，站在上面土路上，背向大海，张开双臂，作出一副英勇无畏、毫不在乎的样子。下面土路上，一个身材高大的男子，她们的同伴，突然伸出双手，假装朝三个女子的面前推去，众女子顿时惊慌地一愣。男子开心大笑，我也忍不住大笑起来。

一个小男孩，捡起一块黑色小石头，扔向悬崖下，消失在半空中，石头带着小孩藐视悬崖的心，砸向了大海。

一个年轻女子，俯卧在悬崖边的一角，头伸向大海，双手紧紧地扒在地面。为了这个动作，她鼓足了全身的勇气。

一个胆大包天的男子，站在悬崖边凸出的一角，若无其事的样子，仿佛脚下便是红地毯，仿佛身后无所不有。

一位中国老太说，要是走到悬崖边，她的腿都要发抖。另一位中国老太说，土质松软，怕跟着掉了下去。老人啊，你们为什么如此胆小？怕风？风吹不走你们的纱巾；怕雨？头顶上明明是晴空万里；怕人？在这异国他乡，人们与你无冤无仇。其实，她们是怕自己，怕自己不小心掉了下去。这些怕自己不小心的人，往往很谨慎，很稳重。谨慎与大胆结伴，我们眼前就会翻开崭新的篇章。

起初，我沿着下面的小路走，草地里的牛儿离得很近，我注意到一头牛的耳朵上，挂着黄色牌子，用阿拉伯数字写着“0334”，黑色的字迹，格外醒目。看到上面的土路上人来人往，看到面海的斜坡上有人镇静自若，有人喜笑颜开，我也就来到了上面的土路。但见风景豁然开朗，随着脚步前行，悬崖变换着姿态，勾人心魄。

去莫赫悬崖吧，如果胆大，你会收获许多钦佩的目光；如果胆小，你会明白，因为害怕，我们不知错失了多少风光。

法国篇

红土城里绿掩门

天空蔚蓝，白云悠悠，红墙红顶建筑，沐浴在明媚的阳光下。红土城的出现，让我回到了不曾经历的往日年代。

放眼四望，远处青山绵延，城下平畴葱绿。在绿色的包围中，红土城的一处峭壁，拔地而立。抬眼望小城，红色小屋，高低错落，鳞次栉比。钟楼是小城的主心骨，默默肃立。

步入小城，几棵高大的梧桐树，在空中枝叶交错，搭成一个天然的绿色凉棚。

城里的一些石墙泛着淡红色，石头缝里长着青草，墙头挂着青藤，像满头齐耳的秀发。小城的藤叶，在红墙上肆意生长，像绿毯，像蓑衣，像地图。

迎面红墙上的几根爬山虎，从另一面墙上拐弯而来。它们嫩绿的枝叶，横贴在墙上，像两只小手，紧紧地拥抱着红墙。这些顽强的爬山虎，经受了狂风暴雨的洗礼，经受了烈日的暴晒。它们不低头，不萎靡，以看不见的速度，在红墙上，缓慢地……缓慢地……前行！

小巷深深，一眼望不到头。石砌的台阶，一级级向上延伸。台阶两旁是微凹的水沟。大雨的日子，你会看到下水管里白花花的水，嘟嘟地喷涌而出，顺着那微凹的水沟，奔流而下。你说，这些欢快的水流，能否冲走你的忧伤？

小巷斜斜。倾斜的水泥路中间，嵌着窄窄浅浅的沟，黄鳝般延伸。待到雨珠飞舞时，浅沟里，一条条雨溪，畅快地滑向网格状的窨井盖里。滴滴答答的水声，只有窨井盖下的野草，在静静地洗耳恭听。

一个蓝衣服的金发小女孩，双腿交叉，一脚微翘，立在一扇古老的木门前，久久不肯离开。木门旁的下水管，被高墙上披挂的青藤，纠缠得若隐若现。几根青藤悬在宁静的拱门前，就像女子弯弯的柳叶眉。门槛不高，堆满泛黄的落叶。小女孩想，门里可能藏着很多故事，于是，把远去的母亲喊回来，拉住她的手，问东问西。

一扇木门，被纷繁的枝叶遮挡着，看不出门的大小。这些绿叶，给主人带来夏日的阴凉，让主人从尘世回到自然。深秋到来时，识时务的秋风，及时将黄叶脱下，让阳光洒满门前，让主人心里温暖明亮。

红花绿叶出墙来的事情，在小城里到处发生。

一扇咖啡色的门上，挂着个咖啡色的信箱。成片的绿叶，像绿色纱巾披在门前。这是某座院落的大门，门左是高高的红墙，门右是露出石头的老墙。老墙较矮，上部竖着一堵黑色篱笆墙。院内的藤叶，翻墙而出，骑在门和两边的墙上。一些绿藤，朝着蓝天，蓬勃地生长。一些红花，鲜艳活泼，欲展翅飞翔。主人奈何不了这些花，它们不满足于墙里开花墙里香，它们要吸引更多人的目光，要给更多的人送去清香。

这些出墙的红花，它们的根在院内，它们的身在院外。你也别骂它们忘恩负义，你也别怪它们爱出风头。歌唱家可以把声音传遍四方，花儿为什么要囚禁自己的花容和花香？

一扇木门，缩在树林里，一小片阳光，洒在木门上，木门发出油亮的光。

更多的门，被绿色植物精心呵护着。门是善良的哑巴，主人回来时，只是傻傻地吱吱呀呀。花儿是心情的翻译家，主人清闲时，花香就包围着他，主人忙碌时，花香就去了天涯。

不知今夜，可有明月悬挂小城夜空，照亮那家门前，嫩绿的葡萄？

戛纳的阳光

我是戛纳的夏日阳光，当太阳从海面上露出红彤彤的脸时，我也就开始吐出万丈光芒。这时，戛纳城的人们，还沉浸在梦乡。

天很蓝，海也很蓝，人们似乎感觉不到我的存在。只是当树影摇曳，人影挪动时，他们蓦然想到，太阳就在头顶，阳光无处不在。

谁家楼前的葡萄架搭设得很雅致，绿油油的葡萄藤，在架子上密密地铺开。我也知道，葡萄架的主人，不是为了吃葡萄，而是为了回避我。我躺在软绵绵的葡萄叶上，不增加它的一丝重量。主人的心事我懂，夏天需要阴凉，冬天需要暖阳。

谁家的院落里栽满了松树、柏树和棕榈树。冬天里，它们也穿着一身绿衣，我很受它们的尊重。棕榈树的影子，有时抱着柏树桶形的身体。

戛纳的街道实在干净，我在上面走过，似风儿在雪地里漫游。这要感谢那些默默无闻的环卫工，和把环保看得重如阿尔卑斯山的市民。

才八点多呢，一架飞机也起得早，斜着冲上了蓝天。它的身后拖着白烟，很长，很长。这时候，我准知道，一些文人的思绪，也就跟着它上了天。

路中间的红花，昨夜不知道在月光下睡得如何，可受了凉？我爱它们，因为它们总是向我笑，笑得像姑娘纯真的脸。

哪栋楼的墙壁上，一幅生动的画，把我弄糊涂了。铺着红毯的台阶上，坐着一个人，举起右手指点着什么。他身后的平台上立着很多人，有人在好奇地望着下面。这时，下面走过一位金发女子，穿着蓝色牛仔裤，粉红色无袖衫，埋着头，腋下夹着个黑皮包。我真不知道，那女子是在画里，还是在画外。

市政厅和城堡山上的钟，都很准，同时指着八时二十九分，街上的人影开始多起来了。市政厅前的旗子垂着不动，风还没有出发，不知躲在哪里睡觉。

戛纳的天蓝得让人心醉，那要是一床被子该多好！可以拉下来，盖在身上，醉醺醺地做一个无边无际的蓝色梦。

几棵棕榈树，并肩而立，树脚下围绕着鲜花绿叶。那安排，让我想到，在激烈的男子篮球赛间歇，配上一段欢快的女子舞蹈。

马路中间的鲜花带里，棕榈树斜着长，彼此倾慕的样子。戛纳人故意让它斜着长，我也觉得这样颇有几分意境。

影节宫一路之隔的几栋房子造得很好，我喜欢在上面停留，在上面潇洒。那白色的外墙，那明亮的玻璃窗，一尘不染。我情不自禁地抚摸着它，就像母亲抚摸着天真无邪的婴儿。

影节宫前的棕榈树实在多，每次与它们相见，它们的影子就卧在碧绿的草地里。白天，树影任我吩咐，我叫它们变长，它们不敢变短，我叫它们朝东，它们不敢向西。当我沉没在海平面后，它们的影子就移情别恋，任由月亮和路灯差遣。

戛纳的沙滩细腻。你摸过面粉吧！你睡过柔软的棉絮吧！我走在上面，就有那种感觉。沙滩上的脚印一串串，有的深，有的浅，有的大，有的小。那些走过的人，从来不管身后的脚印，只顾去看蔚蓝的海。

沙滩上躺着很多人，我一视同仁地对待他们，给他们送去热量。那些白发苍苍的老人，心中无事，在沙滩上一躺就是几小时，有的直躺到夕阳西下。这时，我与老人同是天涯沦落人，我沦落在大海里，他们沦落在岁月长河的出海口。我们都舍不得离开这片沙滩，约好了明日再相见。

沙滩上有很多比基尼女子，我一天天、一年年地看她们，也不觉得厌。她们的玉体，我要怎么看就怎么看。只是她们的眼睛总躲着我，说我刺眼。眼睛是心灵的窗户，我总得想法子跟她们对上几眼。于是在日薄西山的时候，她们深情地望了我一眼又一眼，我倒是羞红了脸。

鸽子也到沙滩上来凑热闹，只是那脚印太神奇了。风会误认为是一根带叶的柳枝，我可没有那么傻！

海水很清，很缓和。两个男子在海水里打球，经常为了救一个球，弄得水花四溅。

一艘快艇，在海面上飞驰，后面拖着两个站立的人，在浪花里逍遥，我也随着他们，在浪花上跳跃。

屋顶上的旗子纷纷飘扬，风不知何时醒了，四处游荡，树叶也跟着沙沙作响。

谁是尼斯的天使

那是七月中旬的一天，阳光明媚。几棵高大的棕榈树，错落地立在隆起的草地里，草地亮绿。太阳在棕榈树的上头，斜斜地照着，也照着远处连绵的青山，和近处蔚蓝的天使湾。

天使湾的粼粼波光，跳跃着，闪闪发亮。雪白的浪花活跃在蓝色的海面上，像蓝色绸布上洒满了星星点点的白花。波光是天使湾迷人的笑容，笑得我心海荡轻舟；波光是天使湾传情的明眸，眨得我心里亮晶晶。

空中飘荡着一顶黄色降落伞，像老人慈祥的笑脸，眯着眼，笑呵呵，露出雪白的牙。一艘快艇，用绳子牵着那降落伞，使劲地奔跑，在海面上掀起雪白的波涛。降落伞下悬着的人，不是雄鹰，却在半空里俯冲。远处一叶轻舟，扬起两片尖尖的白帆，隐隐约约。

浪涛并不汹涌，冲浪板依旧有用武之地。

一黑人女子，先是懒洋洋地匍匐在冲浪板上，昂着头，随波逐流。后来，她跪在冲浪板上，挺着苗条的腰，随心所欲地划着桨，一不小心，从冲浪板上倾斜而下，一只脚留在板上，一只脚落在水里。她灵活地爬上来，依然跪着，迎着波浪，驶向那深蓝处。

一男子，浸在齐腰深的海水里，轻松地推着冲浪板，慢慢地往深水处走。他突然翻转身，爬上冲浪板，稳稳地站在上面，双手拄着桨。此刻，大海托着他，蓝天罩着他，风儿推着他。过会儿，他坐了下来，双腿跨着冲浪板，沿着波浪平行的方向，用力划着桨，驶向那对面的青山。

近岸的海水浅蓝，一位金发女子沉浸在浅水里，戴副墨镜。荡漾的海水，一次次托起她光秃秃的胸脯，就像托起两个滚圆的葫芦。她那优雅的脸上，洋溢着被人上下按摩的愉悦。

滨海大道顺着天使湾延伸，几面彩旗在路边迎风招展。两个身材苗条的女子，迎着太阳，骑着自行车，东张西望，她们穿着比基尼，扭动着曼妙的身姿，轻盈地前行，黑色的身影在车轮后紧追不舍。一位文质彬彬的女子，悠闲地立在两轮平衡车上，轻松地扶着把手，缓缓地前行。她侧转身来，冲我友好地微笑。她的笑容变成了一排排热情的浪花，将我的寂寞，瞬间淹没。

天使湾海滩上遍布鹅卵石，如带刺的玫瑰。阳光把人们身上的衣服脱得所剩无几，风却正好，惬意地吹。人们躺在海滩上，身下铺着五颜六色的垫子。

天使湾海滩，解放了一些人的思想，也解放了他们的身体。面前的一幕幕，让我眼花缭乱。

一个孤单的女子，头被白色的衣服遮盖了，上身一丝不挂。她那丰满的双乳，向上高高耸起，像破土的春笋，像凸起的沙丘。

临海的地方，笔直地仰卧着一个女子，我担心海水从她身上漫过去。她的双乳裸露，就像两个快要融化的雪堆，不再傲立，不再坚挺。

并排躺着三个年轻女子，一个侧卧，一个仰卧，一个俯卧。侧卧的身体光滑，凹凸得就像冰封的山谷和山包。俯卧的似乎睡着了，雪白的丰乳压在身下，就像压着一个瘪了点气的排球。仰卧的却优雅得像来自音乐学院。

海滩上的女子，大多穿着完整的比基尼，丝毫没有挡住她们的曼妙身姿。她们是那样的动人，就像草地里开满了迷人的鲜花。看到她们弯弯的、凹陷的细腰，你会想起天上的新月。看到她们滚圆的臀部，你会想起两座比邻的山包。看到她们细腻的双腿，你会想起山脚下流淌的两条清溪。

海滩上看书的女子很多，阳光抚摸着她们鲜活的身体，她们的目光却在扫过那些传神的字迹。一位比基尼女子，双手捧着书，放在翘起的膝盖上，面海而坐。洁白的浪花，不停地冲洗着她的双脚。浪花激情澎湃时，便爬上她的腿。

一位白发苍苍的男子，拄着拐杖，几步一停地走向这人群。我不知道他是去看海，还是去看人。

海滩上的救生员，居高临下地坐在瞭望台里，海面上的一举一动，历历在目。他的目光若移到海滩上，那将是一个何等生动的场景。

海滩上如花的女子身边，多陪伴着英俊的男子。他们像绿叶，总是被我的目光忽略不计。

两个金发小伙，挺着胸脯，棕榈树般健壮，七月阳光般开朗，他们从海滩走向街巷。四个姑娘，觉得他们是顶天立地的大树，她们要像鲜花一样开放在枝头。姑娘们礼貌地拦住小伙，在他们身旁留下了倩影。一位红衣姑娘，脸上泛出了红晕，不知是害羞，还是高兴。

那些粗大的松树，就像尼斯街上的老人，有的驼着背，它们汇成了岁月的长河。棕榈树很高，叶儿婆娑，有的竟窜到高高的屋顶旁，与楼顶上的红花绿叶，共沐清风，共享艳阳。

滨海大道边不高的现代建筑，简洁明快，呼应着蓝天白云。在尼斯，没有什么比蓝天更蓝，除了大海。那些蓝色的旗子，蓝色的花儿，尽情地随风摆动。那些蓝色的遮阳伞，为人们带来阴凉；那些蓝色的椅子，为人消除疲劳。凡此种种，总也比不过那蓝色的比基尼，让人心旷神怡。

大海和天空无法拥抱，蓝色却让它们心心相印。飞机在天空里划出一根长长的白线，快艇在海面上掀起一条绵长的白浪。飞机和快艇，在一上一下的蓝色画纸上，写出了一个白色的“八”字。

尼斯喷泉下的顽童

喷泉广场是孩子们的乐园。

他是个很小的男孩，赤条条的。广场上有个红球，被他爸爸轻轻踢走。他手脚并用，在地上爬着追着那球。边上有个年纪相仿的小女孩，穿着红裙。他爬起来，挥动着右手，蹒跚地向她奔去，小女孩却一脸茫然。

他是个胖墩墩的幼儿，光着脚和上身。喷泉停了下来，身边的薄水泛开了涟漪。他俯卧着，右脸贴着凉席般的地面，就像蜜蜂抱着凉爽的花蕊。他黑色的头发被淋湿成一小撮，一小撮，呈倒三角，紧贴在脸上。他的手和脚，反过来贴着地面，舒适地朝上，在阳光下发出白光。他不知是在梦里，还是在童谣里？除了鸟儿躺在窠里，除了鸭子浮在水面，还有谁比他更安乐？

她是个黑人小学生，穿着白色比基尼，白色运动鞋。喷泉跳跃起来，一个花裤男孩，她的同伴，用一只脚斜斜地压着喷泉，水花迎面溅到她的腿上，她的腹部。她转过身，水花便在她背面尽情地挥洒，她没有怨言，只有纯真的笑容。水花是那样凉爽，她喜欢上了它。于是，她踩着喷泉，就像有节奏地踩着缝纫机；她拍打着喷泉，就像上上下下地拍打着排球。水花也就将她拥抱，将她笼罩。

他是个穿蓝裤的黑人小学生，很结实。他先是对喷泉不屑一顾，生气地，向喷泉狠狠劈了一巴掌。喷泉依然跳个不停，于是他一脚踩住了喷泉，喷泉低下了头，匍匐在地上，他笑得合不拢嘴。喷泉停了下来，又开始慢慢升起，升到他膝盖高的时候，他突然弯下腰，双臂朝后摆，一脚抬起，要跨过喷泉。喷泉与他关系搞僵了，他开始了镇压行动。喷泉跃跃欲试，不断地抬起头。他一个巴掌、一个巴掌地打压喷泉。后来，喷泉升得高高的，在他头顶上倾泻而下。他就仰着身子，用一个膝盖去顶喷泉，喷泉像被推倒的大树，向一边倾斜而去。他的同伴，一个花裤男孩，用喷泉当武器，向他发起了进攻。花裤男孩张开手掌，斜着盖住喷泉，指使喷泉扑向他。他张开双臂，一副毫不在乎的样子。由于搏斗得太厉害，再加上艳阳当头照，他需要降温，需要消暑。于是，他与喷泉和解了。他沐浴着喷泉，就像劳碌后的水牛沐浴着清水；他拥抱着喷泉，就像久旱的庄稼拥抱着久别的春雨。

他是个白人男孩，举手去摘冲高的水花，水花四溅，他眯起了眼。他快要告别童年了，一朵朵清凉的水花，会停留在他记忆的水库里，永不流走。

喷泉就像一条狗，你越害怕，它越向你吼；你若驯服了它，它便向你摇头摆尾。喷泉林里也有抱头鼠窜的，也有缩手缩脚的。他们害怕，难道是怕高高的喷泉砸破了头？

她是个白人女孩，穿着黑色比基尼。她双膝夹住喷泉，喷泉弯下了身，就像一群放飞的白鸽，在空中纷飞又降落。她又静静地站着，双脚踩住了喷泉，喷泉就像向上抛撒的鲜花，一起装点着她。

他是个黑发男孩，黄皮肤，盘腿坐在地上。他弯腰埋头，两手朝下按住喷泉，喷泉从指缝里突围，在他面前开出了一朵硕大的花。他认真地、忘我地压着喷泉出口，仿佛一个熟练工人在抢修破裂的水管。他是那样投入，泉水把他的黑发淋成了一块黑布，紧贴着他的头顶。一撮黑发从额前垂到了鼻梁上，再从鼻梁上悬挂而下。他可顾不上这么多，毕竟压住喷泉是当下的头等大事。你看，旁边的喷泉，比长颈鹿的头还高呢；而他面前的喷泉，就像只顽皮的小猫，怎么也逃不出他的手掌心，怎么也跳不过他的头顶。

一群快乐的小鸡中间，飞来了一只优雅的白鹤。一个金发女郎，穿着蓝色带花比基尼，跟在她幼小的儿子身后。一些人的视线，被那女郎牵引，离开了与喷泉快乐嬉戏的顽童。我无法用花和玉来比喻她的身体，你见了，会觉得那是一块行走的磁铁，仿佛自己身上有铁屑。

头顶上，一朵白云久久不肯离去。喷泉休息时，地上的云影便清晰了，如镜中的一堆白雪。孩子坐在云影上，涟漪泛开，雪堆也就慢慢融化了。

喷泉广场附近，延伸着有轨电车线，明亮的铁轨长卧在青草地里。草地边开着蓝色的花，默默地注视着守时的电车。

喷泉广场上，蔚蓝的天空里，两条白烟像两把银白的筷子，交叉在一起。白烟末端，隐隐约约的是飞机。

坐山望海的埃兹小镇

我去了埃兹小镇，看到的很少，没看到的却很多。

小镇散落在山头，看不到江南的小桥流水。

小镇的路不宽，高高低低，曲曲折折。再好的汽车和摩托车，也别想在这里招摇。我也不曾见着自行车，不曾见着驴和马，只见人们脚步匆匆，只见人们眼睛左顾右盼。

在小镇，我没听到生意人的吆喝，我见到了教堂的静穆。小镇很寂静，听不见大呼小叫，听不见列车的呼啸，只有风儿轻晃树叶，只有鸟儿低声吟唱。

小镇没有电线，墙上的路灯默默的悬着。似灯笼！似鸟笼！

在小镇，我自然见不到高楼，见不到霓虹闪烁。只见，远处，蔚蓝的天和蔚蓝的海，在偷偷亲吻。只见，脚下的海面上，快艇横冲直闯，白色的尾巴总也长不长。

在小镇，我没有见到西装革履、手提公文包的人。我见到了蝴蝶般穿梭的女子，我见到了泳池边光着上身的男子，我见到了母亲牵着儿子，低头下石阶，一手还抚弄着额前的秀发。

在小镇，我没见到警察。没人怀疑你，没人防范你，你也就成了一个名副其实的好人。

在小镇，我没见到售票员。小镇的人真傻，他们不懂什么叫过路费，什么叫买路钱。人们进出小镇，就像清风进出海峡，就像鸟儿进出浓密的树枝。

在小镇，我没见到红绿灯，没见到斑马线。我见到了小巷蟒蛇般扭曲，难以看到头，难以望到尾。

在小镇，我没见到电梯。我见到了石头的阶梯，踩在上面，是那样的踏实，每一脚踩着的都是厚重的过往。我也见到了木楼梯，悬空贴着墙，静卧在红花绿叶旁。

在小镇，我没见到涂脂抹粉的新墙。我见到了斑驳的石墙，它们是那样的苍老，又是那样的顽强。那些石缝，就是岁月留给老墙的皱纹。

在小镇，我没见到绿化带，没见到行道树。我见到了青草长在墙缝，我见到了树干贴着墙。我见到矮墙上绿叶似瀑布，我见到高墙上的红花似锦缎。我见到绿叶把守门左右，我见到了，小树在陶罐里见缝插针。

在小镇，我没见到名人。我只遇见了路上的轻风，墙上的骄阳。

圣十字湖

出尼斯城，蓝天里的白烟，纵横交错，疑是仙女织出的轻纱，疑是神仙漫步的天街，疑是串串春梦留下的缕缕梦影。

从尼斯到圣十字湖，天空蔚蓝，阳光灿烂。

山岗起伏，大地一片葱绿。林间藏着几排红顶小屋，静静地卧在山坡上，成了万绿丛中几点红。

林边的葡萄园，绿油油的。一栋红顶小屋，立在林与园的交界处，屋顶的红色很淡，年代一定久远。小屋似乎人去楼空，只是留作绿色大地的点缀，就像农村少妇发丛里的栀子花。

韦尔东大峡谷上空，三缕白烟，自上而下，穿过一朵漂浮的白云，仿佛有人在白棉絮里，穿针引线。

从高处俯瞰圣十字湖，一望无际的绿色，围着明镜般的水面，那是大地的眼睛。那动人的波光水影，总能拽住路人匆匆的脚步。湖畔山坡上，几排红顶屋，依山傍水；几块葡萄地，条分缕析。

阳光像千万条银线，穿过黑白糅合的云，探照着纯洁的湖面。

湖的一角，架着座桥。站立桥上，但见湖面越来越窄，窄到被两边的峭壁掩没。脚蹬船，皮划艇，来往穿梭，近处可见人脸，远处只见白船点点。

这一方喇叭形的天地，却弥漫着无穷的乐趣。

一男子躺在脚蹬船上，双手放在脑后，双肘支起在面前，双脚一前一后地蹬着船。他光着上身，船快到桥下了，船身一半在艳阳里，一半在桥影里。他的妻子，在一旁认真地注视着前方，儿子在后面手舞足蹈。

岸边有处峭壁，峭壁上有条斜坡连接水面。一男子弃船，小心翼翼地爬上斜坡，后面跟着个比基尼姑娘。男子纵身一跃，扑通一声，扎入水中，在水里回过头来望望峭壁。比基尼姑娘双手高举，握紧拳头，双脚百米跨栏般，跃入碧水里。她好像吃了点苦，手捏鼻孔，鼻孔里大概也进了水。后面一个男子紧跟着下来，双腿交叉，双手向上放在胸前，像个活菩萨，从天而降。

峭壁的斜坡上，跳水的人，一个接一个地跟上去，我可没有那么多时间，去看他们自告奋勇的表演。

那些玩皮划艇的人也不傻。他们随心所欲地划着桨，水珠在扬起的桨上，飘飘洒洒而下。气温有点高，水珠滴落在身上，可以凉他们的肌肤，可以爽他们的心灵。

一对年轻情侣，面对面地坐在脚蹬船上，手也不动，脚也不动，只有嘴巴在说着话。

一个五十多岁的男子，块头实在大，船被他压得有点倾斜。他光着上身，像是拳击手，可又偏偏戴副眼镜。边上两个女子，一个应该是妻子，一个应该是女儿，都是那样的优雅，那样的姣好。一阵山风吹来，乱了女儿的头发，她轻抬玉手，用纤细的手指，将飘逸的长发，拢到耳后。

桥的那边，湖心地带，波光点点，是太阳神撒下的什么花？

我下桥，来到湖边。

岸边树林下，立着几个比基尼女子。斑驳的阳光，洒在她们背上，腿上，胸前，发出幽幽的白光。黑色的树影，让她们的身体迷离起来，恍惚起来。你见过阳光过穿竹林，在粉墙上摇曳吧。她们的身体，可比粉墙迷人得多。

湖岸微微倾斜，湖边一比基尼女子，忽然映入眼帘。她光着上身，坐在毯子上，雪白的双乳，稍稍下垂，又骄傲地挺立。她那丰满的乳房，发出耀眼的白光，就像明月照亮夜空。她戴副墨镜，披着长发。她那撩人的模样，叫含蓄的人，想回眸，又不敢回头。

阳光大方地照着岸边。一苗条女子，穿着红色比基尼，躺在红毯上，隆起双腿。她似乎睡着了，远看就像一朵红玫瑰。

刚迈出几步，又见一女子坐在地上看书，依然是比基尼。在这么晴好的天气里，在微风熏得游人醉的山水间，不穿比基尼的西方女子，实在少。树影笼罩着她的金发，阳光不知从何处照来，她打开的书页上，绽放出一小片温馨的光亮。

白云在山头飘，不久，云影将没到湖底，凉快地睡上一觉。

泉水城

进入泉水城，丝丝凉意，浸润肌肤。这看不见的凉，这摸不着的凉，进入我的鼻孔，渗进我的肺腑。

街心有座桥，泉水从桥下流过。上游水岸边，树林旁，一只鸭子站在浅水里，伸着颈，拍着双翅。

桥边立着一座圆圆的水车，水车外竖起一堵小墙，墙上搁着一条空空的小船。小船被闲置在墙头，眼巴巴地望着远去的流水。船舱里一无所有，有人笑话小船，说它只是陪衬，只是个摆设儿。又有谁知道，日日夜夜，小船盛满了日光和月光。

梧桐树的黑影，落入水面，沉入碧绿的水草里。

河边的树，有时合拢起来，河水就像在黑夜里流淌。

河水是那样的透明，水草是那样的亮绿，河水好像不复存在了。当河面漂来一根嫩绿的水草时，你也就恍然大悟了。

一处堤坝，将河水拦住，形成一个小瀑布。堤坝上游的河床里，长满绿油油的水草，似河床里铺上了厚厚的绿毯。那绿毯，又密又厚，又长又宽，又亮又柔。水草顺着水流的方向，摇头摆尾，飘飘欲仙。附近的一个大水车，慢悠悠地转动。水车叶轮上长满青苔，湿漉漉的，晶莹的水珠滴落成根根水线，像蚕吐出的丝，又像纺车纺出的白线。

岸边梧桐树，在河边小路上，洒下斑斑驳驳的影子。人走在树底下，脸上亮一块，暗一块。

河边坐着很多人，望着河底碧绿的水草发呆。水边泊着一条小船，空荡荡的船舱里，洒满了日影和树影。一块临水的石头上，坐着个女子，双臂放在膝盖上，双脚浸在水里。点点日影为她手臂增光，片片树荫为她长腿添凉。她心神荡漾地望着河水，她的倩影，却给河水平添了几分妩媚。

河边一棵大树下，摆着很多白色圆桌。人们坐在桌旁，消夏纳凉。而我，匆匆忙忙，望着河水，心里也清凉。

沿河走，忽然发现河里一条黄狗，抬着头，想上岸。转眼，它又掉转头，扑向河中。水花四溅，它舒服得不想回家。一个戴蓝帽的小男孩，握着拳头对狗生气。小男孩一本正经地训斥着狗，狗回转身，张大嘴巴，不服气地望着小男孩，很不情愿地爬到了岸边，披着一身水珠，走到小男孩面前。小男孩威信大增，不料，狗猛回头，又扑向河水里。小男孩成了憋气的球，狗却同情地望着他。男孩应该是骂了狗，狗倒生了气，像父亲一样凶巴巴地望着他。小男孩忍无可忍，捡起一块石头，要砸向那狗。狗顿觉事态严重，恋恋不舍地爬上岸，尾巴还在水里忘情地摆着。我猜，这小男孩应是狗的主人；我猜，这狗应是爱河底亮绿的水草。爱美之心人皆有之，狗亦不例外吧。

一处树底下，有水哗哗流出。出水口前，一只鸭子在练倒立，累了，便在清水里游荡，片刻，又将头插入水里。鸭子反反复复地倒立，不知是在与水底摇摆的青草做游戏，还是在埋头倾听泉水讲那远方的故事，讲那地下的故事。

河边一处水龙头里，源源不断地流出天然清泉。看到一些西方人用瓶子接着这天然泉水，放心地喝。我也接了几次，喝了几回，只觉凉透心底。我漫步在泉水城的河边，泉水流进了我的心间。

仰望阳光下的加尔桥

来到一处高坡，眺望远处树林后的加尔桥，隐隐约约。原计划匆匆一瞥，就此离开。在司机的一再建议下，我得以揭开加尔桥的神秘面纱。

虽是炎炎夏日，法国司机依然西装革履，打着领带。他戴副墨镜，一脸络腮胡须，满头金发，扎着马尾辫。他，工作认真，为人善良，满脸洋溢着艺术气息。尽管语言不通，但我幻想，在茫茫人海中，与他再相逢。

太阳高悬在加尔桥的背后，我一步一步地靠近桥身。在一片树林的上面，在蓝天白云的下面，加尔桥是那样的沧桑。一架飞机在蓝天里飞过。在我眼里，飞机只比蝴蝶略大；在飞机上人的眼里，也许我比蚂蚁还要小，也许加尔桥比一条板凳还要短。

走进加尔桥的一个桥洞，我显得那样渺小，就像一只燕子飞进一扇古老的大门。

在桥面上徘徊，但见河水清澈，红色的、黄色的、绿色的皮划艇，装点着河面。很多人在皮划艇里发呆，让那些蓝色的、白色的桨闲得慌。也有人，一左一右地荡着桨，那些默默无闻的绿水，便从桨上跳跃下来，借着闪闪发亮的阳光，摇身一变，成了串串白色水珠。

一家三口在河里游泳，母亲最为快活，脸上露出浪花般的笑容。她舒展着四肢，灵活自如，比青蛙还要随意。

视线转移到岸边的悬崖上。一个男孩，一手托着下巴，埋头看着碧绿的河水，反复掂量着。初生牛犊不怕虎的童心，终将打消他退缩的念头。他会纵身一跃，跳入那清凉的河水。一旁岩石缝里，长着几棵树。三个比基尼女子，坐在树影下的垫子上。她们昏昏欲睡，还是被河水陶醉?

离开桥面，来到河边。河水清澈见底，看得见河底的细沙，看得见水下的青草。人们三五成群地立在水里聊天。河水成了立体的空调，成了交流的桥梁，成了情感的润滑剂。你瞧，浅水处，爷爷跟孙子正在打水仗。爷爷的双手，又大又有力，捧起的水花就像两道白烟，向孙子细小的身子弥漫过去。孙子抵挡不住，举起双手，向爷爷投降了。

站在河滩上仰望，但见加尔桥，头顶蓝天，脚踏河床，两边被翠绿的山林簇拥。阳光投射到桥身上，一块块沉重的石砖，散发出温馨的光。

很多桥梁都是一层高，横卧在河流上；而加尔桥高三层，耸立在加尔河上。再看那桥洞，一环接一环，一环叠一环。大街上的两轮自行车，我们已经习以为常，不足为奇。如果有人骑辆又高又长的自行车，这辆车，下层有六个轮子，中层有十一个轮子，上层有三十五个轮子，恐怕大人小孩，都会瞠目结舌，都会大开眼界。加尔桥就像这样一辆巨大的自行车，只有亲眼目睹，才能心生敬畏。

说起加尔桥的诞生，比诸葛亮还要早呢！两千年来的风风雨雨，两千年来的日晒雨淋，两千年来的山洪暴发，它都默默地承受了，它都顽强地顶住了。普通人活到九十岁，也许觉得不枉此生。将来某一天，如果有人活到两百岁，人们是不是很想听他讲过去的故事？加尔桥可以给我们讲两千年的故事，难道你不想听吗？

加尔桥的修建，为人们提供了生命之源。古罗马人利用地势的落差，经过加尔桥上层的封闭水槽，将远处的清水输送到尼姆城，为城市增添了活力。

加尔桥滋养了多少生命，它只知奉献，不知索取。想当年，加尔河里，清澈的河水哗哗唱着歌；加尔桥上，快乐的泉水一路奔波。一上一下，垂直的两条清流，在山谷里，上下应和着。

时过境迁，加尔桥不再给城市输水了，但它并没有被人们抛弃，这要得益于它那优雅而崇高的姿势。物质上的用途永别了，艺术上的用途新生了。

目睹加尔桥曲线优美的三层桥洞，你会想到佳人的脸庞，下层好比是樱桃小嘴，中层好比是散发心灵气息的鼻孔，上层好比是清澈的双目。这些可爱的弧线，难道不是你心里的彩虹？难道不是你眼里的新月？

消失在阿维尼翁的身影

阳光下，一面古城墙出现在眼前。墙内一排排红顶老屋，伸出头来。碧绿的松树也斜着身子，俯看墙外泛黄的青草地。

一群身着黄色上衣的幼儿，在几个女老师的小心呵护下，正一步一步靠近古城门，城内有太多吸引孩子的地方。

这些斑驳而坚固的城墙，保护着阿维尼翁昔日的辉煌。日月星辰见证了城墙一天天变老；我看到的城墙，泛黑、泛灰、泛黄。城墙上有城垛，还有高高的城塔，在过去的岁月里，它们是何等的威风，何等的居高临下。

一辆汽车悄悄地钻进古城门。一位身材高大的老者，依着城门，手里握着一本卷起的书，显得有些惆怅。

天公有意制造忧伤。灰云压在罗讷河上，河水阴沉着脸。阿维尼翁断桥，坚定地立在河上，笑看风云变幻。

教皇宫巍峨壮阔，教皇宫广场上人来人往。

沿着砖石小巷，我拐到教皇宫后面。幽深的小巷里，缓缓走过一位金发女郎。她身着红色连衣裙，束腰带，端庄的脸蛋成熟得像红透的苹果，满身散发着优雅的气质。她一手拖着重重的行李箱，一手用力提着个布袋。她的同伴，一个年纪相仿的男子，背着包，双手抱着个重架子。他们边走边商量，箱轮在路面上颠簸的声音，将他们沉重的脚步声淹没。看样子，他们心情有些沉重，在艺术的路上，好像走得不轻松。我与他们擦肩而过，那渐小的箱轮声，依稀在耳边回荡。待我回首时，他们吃力的身影，模糊在远处的小巷。

在小巷里，又遇上位男青年，拖着个黑箱，又高又大又重。他几步一歇，喘着粗气。箱子里可能是乐器和音响。在人们面前，他唱得那样的欢畅；在来回的路上，他却是那样的艰辛。

教皇宫广场上，两男一女，排成一排。女子挺胸抬头地坐着，忘我地拉着腿上的手风琴。中间男子，长风衣，白头发，吃力地弹着吉他，唱着歌。边上的黑须男子，轻松地敲打着那些从不反抗的乐器，奇怪的是，他的脸上竟流露出强烈的愤怒，不知是乐器得罪了他，还是歌曲指挥着他。广场上的气氛被他们的声音激活，但知音能有几人，难得关注他们的人，大都是一笑而过。

太阳在头顶上热烈地照着，广场上的气温升高了。一群小学生立在广场上，好奇地看着一个隆起的黑布罩。布罩前端不时摇着，晃着。布罩后头被一个大胖子牵着，像是牵着一根长长的尾巴。布罩里到底是何物呢？看体积，比狗和羊大，与老虎和狮子差不多。老虎和狮子怎能随便到广场上来呢！要不是狗熊？要不是大猩猩？孩子们心里有很多猜想。他们站在那里不肯离开，眼里渴望着答案。牵着布罩的那个大胖子，又故弄玄虚，时而发笑，时而歪着头，引得一些大人也停下了脚步。真相终于揭开了，布罩被掀开，露出一个人。孩子们很诧异，有的张大嘴巴，有的怅然若失，有的好像受了骗。再看那罩中人，他穿着黑衬衫，灰长裙，留着长长的白胡须，扎着圆圆的发髻。布罩密不透风，像蒸笼，白胡须老人一露面，就两手扯着贴身的衬衫，不停地抖动，以便通风散热。他满脸通红，一副苦相。过不了多久，他的身子又要消失在布罩里。

烈日下明亮的地方，站着个男子。他穿着银灰色的长衣长裤，戴着银灰色的帽子和手套，鞋子银灰，脸也银灰。他站在教皇宫广场上，一动不动，像尊雕像。不时有人向他面前的小碗投去钱币，然后凑到他身边合影。于是他就活了，直挺挺地搂着女子的腰，满脸的虔诚，不再铁面无情。人少的时候，他就连忙拿起小碗，跑到树荫里，舒缓一下，活络一下。

告别阿维尼翁时，罗讷河上，天空蔚蓝。河水在绿树的掩映下，发出清凉的光。断桥桥墩，在河水的哗哗轻吻下，发出欢乐的笑声，笑得弯弯的桥洞，也想去拥抱河里的桥影。一阵风吹来，桥影碎了，谁的汗水升华了？

里昂的夕阳点亮了红烛

一座有山有水的城市，总是令人向往的。罗讷河与索恩河张开温润的双臂，拥抱着里昂古城。在河畔可以眺望碧绿的富维耶山，从山头可以俯视清澈的河水。

罗讷河很宽，长长的游轮泊在岸边，就像小车停在宽阔的大路旁。岸边的堤坝上，一个母亲带着三个小孩，好奇地，俯身望着罗讷河的碧波；一个小伙子仰着头，背对着河水，笑得比春天的桃花还灿烂。

再看罗讷河的一座桥上，车来人往。桥头伫立着一个小女孩，夏日风吹得她的马尾辫歪向一边；风力不小，她那薄薄的衣服，被吹得皱皱的，紧贴着青苗般的身体。小女孩傻傻地望着罗讷河，难道河水成了孩子眼里的动画？

来到白莱果广场，广场上铺着平整的红土，远看就像空旷的客厅里，铺上了红红的地毯。抬头看，前方的天空，青云弥漫天际。太阳从身后的树梢照下来，广场上一半是明，一半是暗。就在那明亮的地方，路易十四骑在高高的骏马上，威风而自信地看着前方。几百年前，他还在法兰西的土地上叱咤风云，如今却成了一动不动的塑像。与他同时代的芸芸众生，大多似行云流水，不见了踪影。

广场上有喷泉，一只黑狗跳入里面，与自己的影子打斗；广场一角，有儿童游乐设施，孩子们玩得忘乎所以。

富维耶圣母院静立在富维耶山头，站在圣母院旁的平台上，俯瞰脚下，远远近近的里昂城浮现在眼前。

一排排红顶小屋向远方蔓延而去，在这红色的海洋里，两栋高楼格外醒目。一栋就像高高扬起的风帆，正欲破浪前行；一栋就像巨大的铅笔，欲给蓝天画上几朵乌云。

罗讷河水有些隐约，透过房舍的空隙，偶尔能看到亮绿的一小片，一小片。若要知道河水的去向，你只需看那红瓦房之间的绿树墙，这绿色的树墙，两头延伸，眼睛无法追溯它的头，无法跟踪它的尾。只有闭起眼睛，想象它从阿尔卑斯山下来，想象它到地中海里去。

索恩河离得近，河水就像镶着绿边的长镜，照着河上的桥，河边的树。

两河间的古城，沐浴在阳光下。那一面面红色的斜屋顶上，冒出一根根小圆柱，就像在一块块生日蛋糕上，插上了无数祝福的红蜡烛，等待夕阳把它们点燃，等待晚风把它们吹灭。

卢瓦尔河的清波摇倒影

傍晚时分，来到卢瓦尔河畔的布卢瓦。布卢瓦城沿着河谷坡地，向上铺展开去。眺望对岸，无边的森林，向小城拥抱过来。

城内的条条小巷，顺着斜斜的地势，向河边奔跑而去，稍一拐弯，便不见了它们的踪影。

河上卧着座桥，桥洞一个挨一个，洞影沉睡在河水里，与洞连成虚实的圆。桥上耸立着一座尖塔，塔影倒映在河水里，仿佛一根尖尖的钻头，在钻探河底的宝藏。

云影在河水里游荡，夜归的鸟影，在云影里畅游。

河边软绵绵的青草地里，开满了点点黄花。河里的水草弯下了腰，悄悄地告诉我，水的去向。

河水不深，河中的块块绿洲上，青草茂盛。野鸭立在秀发般的青草旁，就像人立在婆娑的柳树下。水里的云影泛出了暗红。有些野鸭开始缩着脖子，扭着头，准备过一个祥和的夜。有些野鸭很是多情，在晚霞下的清水里，并肩缓行；有些野鸭埋头水里，尾巴高高翘起，兴奋地做着游戏。只可惜那些鲜花般的云影，被它们糟蹋得不成模样。

来到对岸，但见彼岸山坡上，一个苗条的尖塔，紧连着一栋长长的房屋，远看像一只长颈鹿，静立在山坡上，眺望着暮色里的卢瓦尔河。

河边泊着一条木船，桅杆光秃秃。一根长绳连着船与岸；两个细绳拉着船头和船尾，斜着没入水里。三根绳子齐心协力，把木船挽留在这夕阳下的河边。另有几根细绳，从桅杆顶端披挂而下，状如黑色伞骨，固定在船舷上。

看到桅杆和细绳在水里黑色的倒影，我又想到多年不做的几何题。那些沉默不语的角和线，曾让我恍然大悟。

我不知道这条小船，是否远航过他乡，可曾逆流而上，可曾顺流而下。目睹它的身影，我会想到奔跑的马，想到远飞的大雁，它们虽浪迹天涯，但总也忘不了歇脚的家。

翌日离开布卢瓦，沿卢瓦尔河前行。忽见河里立着一男子，河水没过了膝盖。他手里擎着钓竿，聚精会神，仿佛水里的木桩，一动不动。真正的兴趣爱好，可以让人排除干扰，可以让人忘却烦恼。没有谁能摇动他的倒影，除了咬着钩，试图逃跑的鱼儿。

卢瓦尔河谷的城堡

香波堡坐落在平地里，有水环绕。

站在香波堡的露台上眺望，一条大道向前延伸而去。大道穿过香波堡前的一方绿色广场，广场边围着整整齐齐的树，像绿色的弓，大道也就像箭一般，射向望不到边的森林。

河里有人在划着小船，岸边茂盛的青草高过人头。

太阳出来了，白云在香波堡的上空逗留。

香波堡的色彩和谐。香波堡的造型优雅，尤其是那林立的塔尖和烟囱，让你想到桂林的群峰。香波堡气势磅礴，就像平原里的一座孤山，越靠近山下，人越显得渺小。

没有谁能撼动香波堡古老的身躯，除了河水轻晃它的身影；没有谁能改变香波堡的颜色，除了夕阳为它披上红色的外衣。

离开香波堡，在森林里绕。只觉香波堡隐隐约约，渐渐变小。阳光钻入树林的空隙，洒在树叶上，落在草地里。清凉的树林，顿时亮了起来。

走进夏日的林荫路，朵朵日光在眼前晃动，片片阴凉在心里荡漾。舍农索城堡就是用这条林荫路来迎接我。

舍农索城堡不是傲立在山顶和山坡上，而是横卧在卢瓦尔河的支流谢尔河上。城堡的这头连着广场和花园，城堡的那头是郁郁葱葱的森林。清澈的河水在城堡下缓缓流淌。

城堡里的昔日生活，随着河水流淌而去；城堡里的故事，凝结在了它的一砖一瓦里。

阳光普照，河水绿得发亮。顺河望去，河水在葱绿的森林里流淌，河水拐弯处，两岸绿墙交织在一起，河水便隐匿了踪迹。河面平静如镜，几朵白云在蓝天里，俯身看着自己的镜中影。

不知何物的影子，笼罩了河中一叶扁舟，舟上两人，模糊成了两个黑影。

又见一男一女，一前一后，匍匐在河中两个皮艇上，那姿势，就像青蛙快活地趴在贴水的荷叶上。他们双手交叉放在面前，腹部贴着皮艇。女的昂着头，认真地注视着前方，享受着满眼的绿色和满河的凉意；男的侧着头，恭听河水的哗哗声。皮艇划过的河面，白色的浪花跳跃着，像闪光的钻石，像眨眼的星星。

谢尔河受尽了两岸绿树的宠爱。无数细枝绿叶，亲吻着河面。调皮的鱼儿可以叼住枝头，摇摇摆摆地做游戏。它们还可以伸出头，闻闻枝头的花香。那些野心的鱼儿，甚至想跃上枝头，摘一朵鲜花含嘴里。

河中有座小岛，绿树婆娑。绿色的树影倒映水中，渗进白色的云影里。轻舟路过，树影和云影扭在一起，微微颤抖。

河底的水草历历在目，有的弯着腰，有的抬起头。鸟儿在河面上飞，徐徐降落在水面，双脚踩着自己的倒影。我也不知道，鸟儿是为了洗一个凉水澡，还是去欣赏那摇曳多姿的水草。水里的鱼儿很多，黑色的脊背在透明的水里穿梭。鱼儿一旦钻进了茂盛的水草里，就像鸟儿飞进了树林，再也难觅踪影。

城堡的廊桥是一个适合做梦的地方。站在廊桥上，闭起眼睛，任河风吹拂，任排山倒海的白云飘进心海。我想在城堡里住上一夜，听鱼儿喋喋不休地说情话；听星月责怪流水，“刚刚投入你的怀抱，你就逃走”。

城堡立在河面上这么久，河水却没有将它冲走。这得感谢城堡下一个又一个的拱洞。拱洞给了河水畅通的出路，给了来往的游船进出的门。

有人坐在蓝色的皮划艇里，忽而抬头忽而偏头地仰望着城堡。他们忘了划桨前行，皮划艇就像冻结在铮亮的冰面上。

城堡边的花园，鲜花怒放。

广场上立着一根根水管，喷洒出雾般的水汽，随风飘荡，滋润着人们的皮肤，消散了炎热，带来了清凉。风激动起来，用力掀起一位摩登女郎金色的长发和黑色的上衣。她那蓬松的长发，就像雾里的瀑布；她那飘扬的上衣，就像鸟儿张开的翅膀。她低头走进绿色葡萄架下，又转身走下台阶。一位风度翩翩的黑须先生，正在台阶下迎候她。他们莫不是去看河里的水草，如何吞没了水里的城堡？

远处有座桥，隐约架在河面上，周边的树林簇拥着它，如同慈母怀里裹着的婴儿，只露出可爱的小脸。

舍农索城堡里挂着一幅三女画。一位手里捏着花，一位臀后笼着纱，一位胸前迷昏他。她们的衣服全去了哪？你要去问那胆大包天的画家。

耕种一片法兰西的心田

离开舍农索城堡，前往圣马洛。路边一处坡地上，卧着很多黑白相间的牛，黑得那样耀眼，白得那样纯洁，仿佛刚梳妆打扮好的新娘，在等待出嫁。一些牛在埋头吃草，腹部鼓鼓；一些牛愉快地立着，尾巴甩得像盘起的蛇。

一处坡地较高，覆盖着厚厚的绿。一行行玉米，像一列列穿着绿装的女兵。无限的生机迸发到天空，漫天的青云，也想洒落丝丝甘露，去滋润它们。玉米地里长着一些枝繁叶茂的大树，和披头散发的小树。大树的枝叶，垂落到小树头上。终有一日，小树能突破大树的缝隙，昂首挺胸地，仰望日月星辰。

眼前呈现一处平地，近处是黄色麦地，远处是郁郁葱葱的青纱帐。

麦子收割了，地里剩下暖黄色的麦茬，如毛茸茸的厚毯，平整地铺开。黄色麦茬上，收割机碾过的痕迹，像一条条发亮的小路。麦地里躺着两排麦捆。一个个麦捆，结结实实的，让我想到瓶塞。它们曾是一根根软弱的麦秆，微风都能让它们频频弯腰。如今抱成了团，稳如泰山。

路过一片树林，林边躲着间小屋。墙上的藤叶开始干枯了，屋檐上的绿叶却蓬蓬勃勃。门前放着一块木门，露出很多空隙。这小屋应是动物的家。旁边有奶牛在吃草。今晚，不知它们是在小屋里，还是在草地上，把青草酿成白奶。

一台收割机，在一片金黄的麦地里来回奔波。所到之处，尘烟滚滚。

此时，我已身处高岗。眼下展开着倾斜的绿坡，坡下隐约着尖顶小屋，屋前隆起着泛黄的麦地。放眼望去，墨绿的树林遍布远远近近的山岗，林间围着一块块清新的玉米地，和收割好的闲麦地。

我羡慕眼下这小屋里的农人，可以在绿色的世界里醉生梦死。在这滚圆的坡地上，农人不需弯腰埋头，不需挥汗如雨，机器解放了他们的双手。他们能做什么呢？他们可以吹吹风，望望月，可以数数星星，可以晒晒太阳。他们是机器的指挥家。他们更是默默无闻的画家，把大地画得生机勃勃，把农业绘得赏心悦目。

农人啊，你们能耕种大片的土地，又有谁能耕种人们的心田？机器行吗？

不知谁家的院墙上，立着一只纸公鸡，红冠，黄爪。张开的大尾巴，就像撑开的伞，在风中快活地旋转。鸡尾巴怎能旋转？分明是主人异想天开，借着风，在荡漾他那颗逍遥的童心。

一些早就收割完的耕地，现已长出了满地青草。草地里依然零零星星地散落着一些秸秆捆。日晒雨淋，秸秆捆泛出淡淡的黑，在满眼的绿色里，平添了几分沧桑感。

一大片刚收割完的麦地里，秸秆捆到处散落，多得像天上的繁星；远远望去，又像成千上万的黄牛，在啃着地里的枯草。近在眼前的秸秆捆，是那样的整齐和光滑，如一捆捆打理好的黄色布匹。这些秸秆捆，给人无限的快感。我真想走到地里去，靠在秸秆捆上，仰天睡上一大觉。

圣马洛地处海滨，是座风大浪高的城市。那古老的城墙，挡得了浪花，却挡不住孩子们澎湃的激情。他们在浪花里跳跃，在浪花里手舞足蹈。大人们穿着厚厚的衣服，孩子们却光着上身，赤着脚，在踢打着扑上岸来的阵阵浪花。伫立城墙上，但见海天茫茫，在翻滚的云层和汹涌的大海间，在狂风里，海鸥自由自在地盘旋。

远远望去，圣米歇尔山就像浮在水中的大葫芦，葫芦蒂便是高耸的教堂尖塔。登临山上，但见山脚下，沙滩上，很多人正一步一个脚印地朝远方走去。他们渐行渐远，在茫茫的海滩里，就像一群群大雁，又像一队队蚂蚁。

在圣米歇尔山，我没有遇见潮涨潮落，只见山上那些古老的房屋，高低错落，只见那些坚硬的岩石，露出棱棱角角。风雨摧残，流沙诱惑，海浪拍打，圣米歇尔山依然屹立不倒，它是法兰西民族高昂的头。

一位身材高大的老人，立在即将离开的大巴车门口，弯腰埋头，亲吻着一位上车的老太。他爱心不死，双手紧按着她的臀部，使劲地往怀里搂。老人的浪漫，就像火焰一样闪烁，再铁的心，也会被他点燃。

从圣米歇尔山前往巴黎。几只羊匍匐在青草地里。有的无所事事地看着风吹草动；有的懒洋洋地扭着头，边摆嘴巴边吃草。

木屋墙根下的两只羊，立了起来，白色的背上，做上了红色的记号。它们卿卿我我，嘴巴不说话，眼睛在传情。

路边白色的风车，挺立在绿油油的田野里，此地应是多风地带。

一路上，青纱帐，小麦地，层出不穷。路边的小麦秸秆，有的变成了方块，叠在一起，傻乎乎，呆头呆脑，一本正经的样子，不及那圆筒形的可爱。

旷野里的牛儿多，远看就像草地里盛开着朵朵鲜花。近处，一头慈祥的母牛，闪现在眼前。母牛身边围着一群小牛，像它一样，浑身雪白。母牛好像在认真地讲话，众小牛，好像在侧耳恭听。

塞纳河畔

这是盛夏的一天，在巴黎，我独自一人，走在热闹的塞纳河畔。

河边飘扬着一面面蓝色旗帜，形如根根羽毛。高大的棕榈树耸立在路中央，树根安扎在齐肩高的木箱里，木箱可以随时移动。太阳偶尔露了一下脸，那些男胖子便觉气喘吁吁，女胖子便撑开了手中的遮阳伞。

片刻，乌云密布，河水铁青着脸。风把蓝色的薄旗吹得呼呼响，巴黎城瞬间变成了气候宜人的秋季。来自酷暑地区的人们，纷纷穿上了秋装。

路边木平台上，竖着一把把蓝色遮阳伞，伞下放着一把把躺椅，椅子上躺着一个个身心放松的闲人。

路边的石墙上，嵌着高低错落的踏板和扶手，大人小孩在上面攀行，满足了他们飞墙走壁的欲望。尤其是那露背的摩登女郎，立在贴墙的梯子上，蓦然回首，露出雪白的牙齿，灿烂的笑容，令塞纳河水也为之一亮。

墙脚下，铺着长长的绿草地，草地上的一把把白色遮阳伞，就像天空中成群结队的白云。伞下的白色躺椅上，有人在聚精会神地看书，有人在沉睡。只有风儿忙个不停，源源不断地给人们送来清凉的空气，又匆匆忙忙地，撩动时髦女子的衣裙。

在这阴沉的天气里，塞纳河水依然跳动着浪漫的水花。游船驶过，浪花与浪花接吻，拥抱。浪花的亲密无间，启发了桥上的一对老年夫妻。他搂着她的背，亲吻着她的脸颊；她回敬他，扭过头来，亲吻着他的耳根。

河边的一把绿色长椅上，坐着位孤独的老人，穿着高帮运动鞋，厚长裤，黑色夹克衫，拉链拉得严严实实，脖子缩在衣领里。他双臂交叉放在胸前，花白胡须，花白头发，脑门发亮，满脸红扑扑。老人靠着椅背，闭着眼，头微微侧倾，仿佛进入了梦乡，又仿佛在回忆过去的时光。

河边有个微型足球场，上面罩着网，一旁开着木门。一对父子在里面追逐着足球，父亲躲躲闪闪，孩子像猛虎般控制着球，无限的亲情溢出了罩着的网。球场边的一把躺椅上，坐着位父亲，小公主依偎在他怀里，小手轻轻捏着他的嘴角。父亲闭着眼，女儿笑得合不拢嘴。

两个木桩间，挂着个秋千，一个猴样男孩，在上面荡来荡去，把童心都荡上了天。

路边立着高高低低的小木桩，一个金发小男孩踩在上面，平举着双臂。那勇敢的样子，就像雄鹰展翅高飞；那小心翼翼的神态，又像空中走钢丝的杂技演员。

河里不知出了什么事？很多人扶着栏杆，俯身侧头地注视着河水。我也凑过去，但见河里漾着白色泡沫，浮着绿色水草。在人缝里，瞥见一根白线垂到河水里，白线末端连着钩子，在水草丛中摇来摆去。定睛细看，一条大鱼贴着岸，在草丛中露出黑背。水草缠着鱼头，有一个钩子在鱼头边缓缓晃动。反反复复很多次，依然不见鱼儿被钓取。没有耐心的看客失望地离开，新的看客马上填补了空缺。一根又长又粗的黄线加入了钓鱼行列。水草被分开了，大鱼摆着尾巴，飘飘然，在水里潇洒地浮游。在我环顾左右的瞬间，鱼儿在一片欢呼声中被钓了起来。大鱼俯卧在水泥地上，张着宽宽的嘴巴，浑身湿漉漉，皮肤细腻发亮。两个老人弯腰埋头，拉着卷尺，量着鱼的长度。我被人群遮挡，看不清尺上的刻度，只见那白发钓翁把鱼儿提起，鱼儿的尾巴连着地面，嘴巴接近他的衣领。一个身材魁梧的大力士，右手吃力地提着个秤，秤面形如手表，在称重鱼的重量。秤的刻度显示为 16 公斤。当我在猜测鱼儿将何去何从时，只听扑通一声，鱼儿回到了水里。

桥洞边的遮阳伞下，乐声荡漾，随风飘到了塞纳河上，飘到了路人的耳朵里。你看，那弹吉他的小伙子，多么风流倜傥；那吹萨克斯管的老人，多么严肃认真，像极了某国的总理。

透过塞纳河上的树枝空隙，隐约看到前方桥上，三个穿制服的人，各骑着一匹黄色高头大马，神气活现地，在桥上缓缓前行。他们的身影，把我的思绪，拉回到了中世纪。

河边的一根长条木，平整光滑。一位白发老人，笔直地躺在上面，头枕旅行包，双手放在胸前，闭着眼。一只鸽子在河边咕咕咕地叫着，为他催眠。

阴凉的桥洞里，砖铺的地面上，展开了一张黑色的垫子。一位老者，右臂拄着垫子，侧身半躺半坐，头微微抬起，悠闲自得地望着洞外的人来人往。他身边放着一盒牛奶和两瓶矿泉水。一只黄色的行囊，紧紧地挨在身旁。他一身黑衣服，赤着脚，肥头大耳，稍微秃顶。他的头发有三种颜色。下面一圈是白发；上面一圈，由金发和黑发一前一后分别盘踞着。所有的头发，都给他打理得井井有条，威风凛凛。看那架势，应是一位官员，抑或是一位总经理。可他身边明明躺着一枚欧元硬币，这让我百思不得其解。

转回头，但见巴黎圣母院尖尖的钟楼，直插青色的云端。一对年轻人躺在草地上，卷入了爱的漩涡。这时，天上的云在不停地奔波，身边的树叶在沙沙地唱着歌。女子的额头紧贴着男子的脸，男子的手轻捋着女子的长发。那女子突然反转身，抬起头，一手托着香腮，一手轻轻地抚弄着男的下巴。她那温情脉脉的眼神，让他激情澎湃的身体，瘫痪在草地里。

又见到绿色长椅上那位孤独的老人，他依然坐着一动不动，只是头垂得更低。在我离开他的这段时间里，想必他已经做了一个灿烂的梦。

墙脚下的木椅上，坐着一位优雅的老太，太阳明亮地照着泛黑的墙壁。她一手罩在额前，挡住光线，泛红的白脸回避着满眼的骄阳。老人感觉到了热，把厚上衣脱下，扎在腰间，袒胸露臂。此时此刻，人们才意识到，巴黎的漫天烟云，就像广阔天空里的黑色凉棚，为人们遮阳，为人们带来阴凉。

天，很快又阴下来了，人的影子不见了。一阵敲打声，轻轻地飞到我耳畔。路边坐着个黄衫青年，双腿之上，放着一个黑色乐器。那乐器，初看，就像一个黑色的锅盖盖着一顶黑色的锅。他微微闭着眼，双手轻轻地敲着，拍着，摸着乐器。青年人如痴如醉，风儿把那动人的声音扩散开来，塞纳河水感觉到了，轻轻地应和着。

河中立着一处平台，有桥与岸相连。这里是情侣们的乐园，他们在倾听着塞纳河水的涛声，沐浴着河上的清风。其中一对站着，扶着栏杆，女子有些害羞，好像是初恋。男子吻着她裸露的白肩，嗅着她金色的长发。女子一边动情地微笑，一边用白皙的巧手，搭着他那多毛的手臂。河面上，一对鸭子游了过来，疑惑不解地望着他们。那弯曲的脖子，就像两个大大的问号。难道你情我愿的人间真爱，让动物也羡慕？

塞纳河边的这两条路，一上一下，一条接近水面，一条就在地面。连接上下两条路的是一堵高墙。我来到上面，立在路边的人行道上，卢浮宫就在眼前。其时，道路已被封闭，靠河一侧的人行道上，人山人海。人们翘首以待，望着空空如也的车行道。一些工作人员，黑制服、黑帽、黑鞋，荷枪实弹地立在路边。

原来，这里即将举行一场盛大的自行车赛。很快，一辆辆汽车开过来了，伴随着激动人心的声音。说是汽车，有的更像房子，更像坦克，更像怪物。花花绿绿。

那车上的人，招摇过市，得意洋洋，不断地向看客挥手致意。一路上的喝彩声，让他们飘飘然，仿佛顷刻间变成了英雄，变成了阅兵的首领。那些活力四射的金发女郎，的确吸引了不少路人的目光。她们有时抛来一个飞吻；有时张开双臂好像要拥抱你；有时挺胸抬头，自信而善意地笑着；有时双手挥舞着彩旗、双臂和身子快乐地摇晃着；有时弯着手臂，把手举过头顶，笑着向你敬个礼；有时女神一样，端庄地坐在高高的皮椅上，任你欣赏。可那骑自行车的人，千呼万唤不出来，我只得遗憾地离开这欢乐的人群。

我登上了塞纳河游船，眼睛总是凝视着那些厚实的桥墩。它们不怕风吹浪打，肩负着车来人往，日日夜夜，挺立河中！

瑞士篇

苏黎世的秋叶满地

空中俯瞰苏黎世，大地是那样柔和，草地如毯，树林团团。利马特河静静流淌，道路蜿蜒在草地里，在清流旁，在树林下。

离地面越来越近了，苏黎世的城市和乡野愈来愈清晰。树林围着草地，草地温暖而明亮；排排粉墙黛瓦的尖顶屋，整齐安静；白色的、黑色的小牛，在草地里埋头，沐浴着艳阳。

苏黎世的一些现代建筑，清新亮丽，方方正正，就像建筑师在街上搭起的可爱积木。苏黎世人渴望在城里拥有一方田园。于是，在路边的一些空地里，那些想当农民的人，搭起了小木屋，在木屋旁种上了花草树木。只可惜，他们胸中有诗，行动上无序。这些理想的城市田园，在农民的眼里，等于幼儿在白纸上乱涂乱画。

苏黎世圣母教堂附近的河面上，建有女士浴场。我经过时，秋风习习，黄叶满地。天气晴好的时候，浴场外的平台上，坐着、躺着日光浴女子。那些开放的女子，大胆地敞开胸怀，无拘无束地拥抱艳阳。

圣彼得大教堂一带，石块铺地的小巷狭窄，绵延细长。教堂边有个小广场，广场上立着棵大树，树下椅子上，坐着一位中年女子。她双手托腮，抬头仰望着半黄半绿的树叶。岁月不饶人啊，她是否由秋天的落叶，想到了春天的落花，傍晚的落日，以及那即将落幕的朱颜。

圣彼得大教堂的钟声突然想起，敲得我思绪起伏，定睛细看，时针和分针正定格在九点半。

林登霍夫观景公园里，秋意正浓。枝头的黄叶渐渐稀少，地上的黄叶层层增厚，还有片片黄叶在空中轻舞。环卫工的黄色衣服格外显眼，他们在用耙，狠心地把落叶归拢。一台环卫车，无情地将片片落叶，收入囊中。一位戴白围巾的年轻女子，姣好面庞上弥漫着重重心事。她右手平端饮料杯，好像在向来去匆匆的黄叶，敬一杯伤别的酒。

观景台下流淌着清澈的利马特河。河畔默默地立着一棵高大的柳树，弯弯的柳树枝头，平添了许多黄叶。婆娑的柳枝下，躲着条白色小船，小船靠着岸。柳树下的木平台上，坐着位红衣女子，隐隐约约。女子面对小船，弯腰埋头，好像要将满腹的希望，寄存到船舱里，期待小船，载着她的秋梦，早日启程。

河里还泊着条黑色小船，两头尖尖，里面一无所有，唯有满船的寂静和安宁。

沿着利马特河步行。市政厅的倒影在水里胆战心惊，它是否在担心，水能载舟亦能覆舟？河水很清，让河底那些丑陋的石头，原形毕露。

苏黎世大教堂的双塔是那样的丰满和圆润，但双塔黑色的倒影，在利马特河里，却变得畏畏缩缩。一只野鸭游了过来，埋着头，用两个调皮的脚掌，把两个塔尖的倒影踢得不成样。我说，野鸭是在有意搞破坏，否则，它为什么匍匐在塔影上，久久不肯离开。你看，尖尖的塔影，已被野鸭身边圆圆的涟漪代替。此处的水面，已成立了野鸭任意东西的地盘。

阳光洒在班霍夫大街上，人和树都亮堂起来。公交站台的座椅，被很多黄叶霸占，它们东倒西歪地躺在椅子上，人们不忍拂去。地上的黄叶，在阳光里变得明亮，在日影里变得清凉。

苏黎世湖上空，漂浮着片片白云。湖畔桅杆林立，白色的喷泉，就像苏黎世湖怒放的心花。远山依旧是一片朦胧的绿，想必黄叶渐渐落去，留下绿叶在苦苦坚守。

湖上，白帆在缓缓移动，白天鹅昂着脖子在悠游。水天之间，水鸟侧着身子在盘旋。

湖边的几棵大树，黄叶洒落一地。地上，树影斑驳，人影绰绰。一位幼师带着几个幼儿在嬉戏。老师把一个孩子抱在怀里旋转，于是其他幼儿，一个接一个地扑了上来。

苏黎世湖边架着座桥，桥上人来人往。一位身着黑色风衣的金发女子，戴着耳机，边走边回首苏黎世湖，脸上露出开心的微笑和发自内心的喜悦。她那从容的步伐，红润的瓜子脸，自信的面容，深思的眼神，幻化成了苏黎世湖里一朵可爱的浪花。走着，走着，她紧紧地抿起嘴，好像要将这苏黎世湖的景色，含在嘴里，吞进心里。

她在桥上，一步一步地回首苏黎世湖；有人在离去的车窗里，频频回首她。

莱茵瀑布

谁说水太清则无鱼呢！莱茵河水很清，但莱茵瀑布下的鱼多得很，大得很。

瀑布水匆匆地向下奔流，鱼儿却逆流而上，扭着头，摆着尾。水底是鱼，水面是鱼，水中更穿梭着密密麻麻的鱼儿。它们横着，直着，斜着，在流水里纵情地嬉戏。鱼儿会有烦恼吗？没有的！累了，可以在河床上或草丛里睡上一觉；渴了，张口便是鲜活的水；多情的时候，可以向身边的鱼儿好好看上几眼，甚至可以亲亲它的柔唇，咬咬它的尾巴。

几只灰鸭浮在黑压压的鱼群上，干瞪眼，鱼儿太大，灰鸭无从下手。一只灰鸭干脆扭过头来，静心地睡起了觉。

莱茵河水太清了，鱼儿的秘密暴露无遗，圆头的、尖头的，一转身，一张嘴，都逃不过我的眼睛。河底那些光滑的鹅卵石紧贴着河床，就像鱼鳞贴着鱼身，是那样的紧，丝毫不想离开。河底的鹅卵石到处都是，不知从哪儿冒出了那么多绿油油的水草，蓬蓬勃勃的，摇摇摆摆。

河中有块小石堤，堤上长着草，一只野鸭立在草丛里，缩着头，另一只匍匐在石块上，扭着脖子。它们是不是在思考，何时快乐地生个小宝。

河里浮着一些白色的水泡，像蓬松的白雪，一只野鸭在白色泡沫里游来游去，不断地开辟出东一条西一条小路。

河边一排小屋，我不得不说一下，因为我喜欢上了它们。房屋不高，白墙红瓦，说是红瓦，其实不很准确，已经有些发黑了。关键是墙上那些红色的线条，很优雅，像少女白色裙子上纵横交错的格子，红红的，能把少男蠢蠢欲动的心火点燃。

莱茵河的鱼儿也面临着诱惑，总有那些贪嘴的抵挡不住。瀑布下面是一个较大的水潭，波涛有些汹涌。一位先生立在河边，双手紧握长长的钓竿。那钓竿够先进了，不像我儿时用的竹竿和缝补衣服的细线，根本经不起大鱼儿的折腾。先生的竿是金属做的，牢固得很；先生的线可长可短，底端装了一个可以摇动的家伙。不一会儿，一条鱼儿上钩了，先生将竿竖了起来，鱼儿在半空中弯着腰翘着尾巴。鱼儿啊，你真傻，河水那样清，怎不睁眼看看那钩上的线、线上的杆？先生用布捏住鱼的身体，小心翼翼地将钩取了出来，然后，欠着身子，恭恭敬敬地将鱼儿抛到了河里。先生，水那么清，你看得到鱼儿上钩吗？先生啊，你钓鱼不是为了“鱼”，而是为了“钓”；你钓起的是坚守后的喜悦，抛却的是束缚手脚和心灵的重物。

河边空地上并排着两张红色长椅，一位年轻的残疾人，坐在长椅旁的轮椅上，满头金发，雪白的脸庞。她用拇指和食指轻捏下巴，望着自由奔腾的瀑布沉思。她是否在思考，要是有一双健全的双脚该多好，那将胜过鸟儿在天上飞，鱼儿在水里游。

抬眼望河边的高地，一架圆圆的大水车，立在一堵墙旁，我得过去看看。紧挨河边的支流上架着一道桥，河水从那半圆的桥洞里倾吐而下。我立在桥上，但见白花花的河水洋洋洒洒而下，我低头呼吸着那滋润的空气，好像吸着了小瀑的灵气。

河水推着水车叶轮，水车没日没夜地转个不停。轮叶上的水珠滴落而下，连成了根根斜线，在阳光里明亮着。叶轮的黑影，在墙上滚个不休。

站在水车旁放眼四望。上游的河面上，一座黑色的桥跨河而立，一孔接着一孔；河边的树是那样的浓密，根与土的关系一定很好，根护着土，土护着根。

一棵老树倒在近岸的水里，这里的河水应该不急，不然的话，老树早就无影无踪了。老树的结巴上还长着根细枝，微风让细枝弯下了身子，埋下了头。

瀑布下面，屹立着两座石岛，狂野的瀑布汹涌而下，向石岛迎面撞去，石岛没有倒下，背面还长着茂盛的树。都说滴水能穿石，万年的狂涛，怎奈何不了这顽强的石岛？

在没有落差的地方，温柔的河水，泛着阵阵涟漪，闪着银白的光。一只野鸭漫步在涟漪间，两只匍匐在灌木丛边，旁若无人。不像我故乡的野鸭，胆子很小，见到我都要躲开。在我儿时的冬天，我父亲曾得罪野鸭，打过几只野鸭给我吃。不过故乡野鸭的胆子会慢慢大起来，因为我们越来越像它们的朋友了。改变人心容易，改变动物的心实在不易啊！

水车附近有处观景平台，一群人双臂压在栏杆上凝视瀑布。好像要问瀑布什么话，又好像要从瀑布那里得到什么答案。也许有人要问，鱼儿到了瀑布边，可以一跃而下；船儿到了这里，又会怎样？

一对姑娘和小伙，望着洁白的瀑布，就像望着纯真的爱情泛出了浪漫之花。观景台上的人们一个个离开了，而姑娘依然痴痴地凝望，久久不肯离开，小伙只好走走停停地等着她。

姑娘，水花那样欢快地跳跃，你的心里尚能平静？

因特拉肯的河水天真烂漫

布里恩茨湖和图恩湖就像少女清澈的双眸，因特拉肯便是眸间的一颗迷魂痣。

山间的布里恩茨湖太纯净了，白色的云，白色的山崖，泛黄的树林，青色的草地，一同投入了它的怀抱。那些低矮的房屋，安详地点缀在岸边，躲在树林里。湖水静如天幕。游艇打破了这一方静，在湖面上画起了白线，艇后的涟漪在树林里若隐若现。我怪那路边的树林，时不时地将湖面藏了起来。

做一只湖畔的蜻蜓也好，可以轻落树梢，可以轻点水面，可以栖息在草丛里，可以浮游在晴空里。

阳光明媚，街道银幕般白，人影在街上晃动，就像黑白电影里动人的镜头。

两湖间的阿勒河，流淌着无限的浪漫。两个女子，喜欢上了阿勒河，你猜她们会怎样？在河边平整的长条石上，她们面对面地躺着。一个头朝下游，双手捧着书，聚精会神地看着。河水给了她什么呢？河水给了她静谧，给了她源源不断的思潮。另一个，粉面迎着太阳，左臂抬起，左手挡着阳光，胸前盖着一件粉红的衣裳。河水没给她什么，她倒给河水增添了一抹粉红的亮。

阿勒河水很清，清得河底的鹅卵石都要浮出水面。蓝天让河水变蓝，青山让河水变青，粉墙让河水变白，草地让河水变绿，树叶让河水变黄。河水就像一个纯朴的儿童，被周边的一切调教得天真烂漫。河水初看是粉蓝，再看是黄绿，细看是深青。你可不能久看啊，久看，都要怀疑自己不在人间，因为河水还温馨明亮，还淡泊宁静，还纯洁无瑕。

没有谁能长久地享受这颜色，除了河底的鹅卵石；没有谁能随时画出这颜色，除了阿勒河；没有谁能想象到这颜色，哪怕是梦里。

阿勒河水啊，你是那样的清纯，多少人想喝上一口，不是喝到嘴里去解渴，而是喝到心里去解忧。

谁说河水静止不动，那些黄色的叶子，从枝头跑到水面，缓缓地向下游挪动。黄叶俯视着河底的白云，白云似乎一动不动。

岸边一排梧桐树，黄叶满枝。树影落入河里，给河水镶上了金边，鸭子路过时，河水就用它的柔波，轻轻地将泛黄的树影摇晃几下。

山与河之间是成片的树林，尖尖的屋顶，从树林里此起彼伏地伸出头来。

站在河的这边，放眼对岸，白色的少女峰，躲在两座八字形的青山背后。河边静卧着一座尖尖的小土堆，长满泛黄的青草，与远处白色的少女峰遥相呼应。

土堆在河里的倒影，依然草色动人。河面泛起了小小漩涡，难道是糊涂的鱼儿，要去吃那倒影里的草？倒影随着颤抖起来，于是野鸭掉转头，游到那颤抖的倒影里，不知鱼儿能否躲过。

一列火车从桥上驶过，转身向山脚滑去。

河边行人稀少。一位短袖男子，笑容满面，骑着自行车，迎着太阳，悠然前行。他舍不得停下来，誓要将前路的风光尽收眼底。一位若有所思的优雅女子，时而缓缓而行，时而驻足停留。她右手轻搭河边栏杆，舍不得前行。她要将眼前的秀色，慢慢地沉淀在心里。

河边有处碎石小径，被两旁的大树小树合抱着。一对白发夫妻，并排走在小径上。他们握着手，就像握住了彼此的心。

河畔人家，墙外拈着花惹着草。窗内盆景的枝叶，探出头来，悬在窗台上。枝叶精神抖擞，开着白色的、红色的花。叶子与花在粉墙上的影子，点点滴滴，如雨珠洒落在白布上。

一栋木屋，主人用心良苦，从屋檐上垂下根根细绳，红色的藤叶攀绳而上，如在墙上挂满了一条条红丝带。

路边青翠欲滴的灌木丛里，立着根木雕。木雕仰天大笑，灌木的几片绿叶伸到了它嘴里。它似乎在笑绿叶，笑绿叶太殷勤；又似乎在笑我，笑我何必匆匆，太匆匆。

霍依玛特大公园里，每天都要上演很多故事。滑翔伞载着那些渺小的人，在空中飘飘荡荡，如鸟雀，似蝴蝶。草地柔软得如厚厚的绿毯。一位年轻的中国女子，一身黑色衣服，趴在青草地里，微微抬着头，雪白的脸上洋溢着恬淡的笑容。她那凸起的臀部，如醉人的小山，与远处白色的少女峰，互相争辉。

几台大型机器，在草地上忙碌地奔跑，草地被翻耕了，瞬间变成了咖啡色。几只黑色的鸟儿，在新翻的土地里，蹦蹦跳跳。难道它们是在寻找那些能屈能伸、步履蹒跚的蚯蚓？

路过图恩湖，细雨在湖面上密密地织着。湖里泊着一叶扁舟，两根黑色鱼竿，朦朦胧胧地伸向湖面。微风将细雨吹得斜斜的，哪是雨线，哪是钓线，实在难以分得清。

两个钓鱼人，各自撑着一把伞。最爱那把彩色的雨伞，在水汽弥漫的湖面上，轻轻地旋转着，雨珠带着钓鱼人愉快的心情，飞向了湖面。

雾散日出伯尔尼

伯尔尼郊外，晨雾笼罩，绿色的草地在浓雾里沉醉。一棵枝繁叶茂的大树旁，几头黑牛，时而埋头，时而扭头，时而抬头，动摇了这白雾的一统天下。

几只白羊，拖儿带女，东一脚西一脚地，将青草践踏。

草地里的房屋，白墙黑瓦，依稀隐约，如茫茫大海里的轻舟。

依然是仙雾不散，远处的树影如淡淡的乌云，在车窗外朦朦胧胧地飘过。忽见一匹黑马驼着一蓝衣女子，在青草地里跳跃前行。女子手握缰绳，窈窕的身姿，在马背上起起伏伏，一股青春的气息，在纯洁的薄雾里弥漫开来。

凹凸有致的草地里，道路时隐时现。一西服男子，慢跑在这神出鬼没的灰色道路上，消失在黄多绿少的树林里。

谁敢说伯尔尼的新城不老？从古城过了桥，正如从明朝走进清朝。在伯尔尼新城，那些低矮的老屋，被大树包围，被黄叶覆盖，被缀满红叶的长藤纠缠。大树下面，黄叶成堆。草坪里，片片黄叶，恍如星星点点的黄蝴蝶。

不知是浓雾不忍离去，还是太阳躲了起来？阿勒河上空，浓雾慢慢地化作了烟云。

太阳真会玩魔术，不知不觉中，竟把飘忽不定的烟云演变成了朵朵白云。

阿勒河张开双臂，深情地搂着古城，古城心甘情愿地投入阿勒河的怀抱。

联邦大厦临河而建，庄严厚重。我东瞧瞧，西看看，在大厦的周边，没有发现一个警察，他们莫不是在躲避我的视线？

钟楼是古城的心脏，钟的指针不停地旋转，就像心脏在不停地跳动。

从钟楼前往熊苑，经过伯尔尼的繁华地带。街边的房屋是石砌的，太严肃、太冷漠了。于是，窗台上的鲜花和小树，纷纷来装点它。难得的是，一处疯长的藤叶，从地面爬上了顶楼，茂密的绿叶中绽放出清新的白花。

谁说路灯非得迷恋灯杆呢？这里的盏盏路灯，偏要稳稳地吊在根根黑色的电线上，就像光秃秃的枯藤上，吊着一个个寂寞的葫芦。电线除了为路灯服务，还有什么作用呢？在古老的长街上，当红色的有轨电车滑行而去的时候，你就会注意到，街道上面那毛细血管般的电线。

街上铺满了石砖，就像夏天的竹席，看起来是那样的舒适。

街道中间的水渠里，流淌着清澈的泉水，渠旁的青苔，被泉水反复冲刷。我弯腰侧耳恭听，但闻泉水叮咚。

街边一棵宝塔般的柏树里，传来叽叽的鸟叫声。只闻其声，不见其鸟。我绕着柏树定睛细看，鸟儿在浓密的树枝里，钻来钻去，很难寻到它的身影。

突然，钟声当当，飘荡在街道的上空，敲碎了古城的寂静，将泉水声和鸟声一并淹没。

爱因斯坦故居位于这人来人往的街边。我没有走进故居，但我知道，爱因斯坦如何顽强地走出困境。

在熊苑边俯视阿勒河，左岸一条小路沿河蜿蜒而去，被垂向河边的茂密大树吞没。我不曾走向里面，去感受那秋日的静寂。

在高处放眼古城，教堂的尖顶，就像蓄势待发的火箭，随时准备冲向那白云漂泊的蔚蓝天际。教堂周边，遍布人字形的红色屋顶，此起彼伏，像一排排凝固的波浪。这些屋顶，一起拜倒在教堂的尖顶之下。

他们在琉森游戏时光

船行琉森湖上，乌云密布，笼罩四野。乌云妄图合起伙来，破坏琉森在我心中的印象。豪夫教堂的双塔，尖尖的，如护士手里拿着的注射器，好像要给天空中那些愁眉苦脸的乌云，打上几针，让它们绽放出灿烂的笑脸。

不知何时，太阳从云层里钻了出来，湖边的一处山坡亮堂了。软绵绵的草地上，点缀着零星的树，树影在泛黄的青草地上，安静地躺着。草地里错落着粉墙黛瓦的尖顶小屋，依山傍水，稀稀落落。这些坡上人家，抬头可见山顶飘飘荡荡的朝雾，低头可见湖面金光闪闪的夕阳。

很多小径伸向湖边，有的笔直，有的蜿蜒曲折。湖边平坦的地方放着白色躺椅。一些房子躲在岸边树林里，有的露出阳台，有的露出红顶，有的露出白墙，有的只露出一角。

一处开阔山坡上，树林围着草地，草地中间隐约有一群黑牛。

琉森湖水很纯洁，远处的雪山便是它最初的家。湖中静静地泊着艘小白艇。一位黑须男子，独坐艇后。艇的右边，搁着根钓竿，向上斜着伸向湖面，孤零零的，似乎没人去管。他的手里还握着根钓竿，搁在艇的左边，向下伸向湖面，他全神贯注地盯着这根鱼竿。他左右开弓地垂钓，难道他是仙人，可以心有二用？

漫步湖边，湖水透明得似若有若无的空气，湖底的尖石压着细沙，一清二楚。平静的湖水突然泛起了涟漪，一圈接一圈，莫不是湖底有泉眼？一只野鸭从湖底猛地浮出水面，头和颈伸了出来。随后，它又一个猛子扎进水底，湖底分明没有食物，它显然是在游戏时光。

罗伊斯河流经琉森城，河里水草蓬勃生长。水草的头顺着流水，总想奔向远方。

卡佩尔桥两旁的花，格外耀眼，格外整齐，难道是那没有生命的欺骗之花？我用手指轻轻地捏了捏，一股细腻柔嫩的感觉，流入心田，就像母亲捏着婴儿的小手，就像久别的恋人吻着对方的唇。

罗伊斯河给人们带来无限的欢乐，那欢乐是无限的，流动的。

一群本地人，在河边空地上，彼此拥抱着，问候着，贴着脸，脸上的笑容就像三月里盛开的鲜花。白发男子穿着轻松的秋装，年轻女子露出雪白的细腿，那激情四射的白腿，如夏日太阳般亮眼。

河对岸魏然立着座塔楼，楼下洞开着拱门。河边一条小路，从拱门里伸出。一个年轻女子，从这古老的门洞里闪了出来。她一路小跑，将长长的黑发，时而仰头甩向身后，时而扭头摆向左右，时而低头挂在胸前。她把快乐甩到了河这边，被我接住了，藏在心里。

罗伊斯河旁躲着一条断头小径，被灌木丛护卫着，被大树掩映着，谁家的小屋藏在林间，垄断着这一方静谧之境。

小径外面，安放着一排红色长椅。一位胡须花白的老者，独自一人，斜靠着椅背。背后是长长的青草地，面前是明亮的罗伊斯河，头上是上了年纪的大树，脚下是片片落叶。周边的椅子空无一人，他的老伴呢？该不会与去年的落叶一同离去了？

傍晚时分，我伫立在卡佩尔桥下游的那座桥上。夜的天空蔚蓝无边，一轮圆月，挂在西天，白得那样的无瑕。远处的皮拉图斯山，微微起伏，你可以把它想象成一个大胖子，仰面朝天，熟睡着，左边的山峰是枕着的头，中间的山峰是鼓起的腹，往右的山峰是支起的膝盖和翘着的脚。

琉森湖边的摩天轮，在廊桥的那边露出了上半身，发出白色的、蓝色的光，它在水里的倒影，变成了一条蓝白相间的长布。

廊桥边的鲜花，在灯光的照射下，格外亮丽。石砌的水塔伫立在河中央，它送走了歌德，送走了朱自清。风吹不倒它，水冲不垮它，火烧不掉它。石头本是平常物，排列组合得当，团结在一起的时候，也就成了中流砥柱，成了千年不倒的丰碑。

远眺穆赛格城墙，三座塔楼耸立在城墙中间，几棵大树贴墙而生。墙下是满坡的草地，草地里点缀着稀疏的树。

沿坡边小路而上，路边金黄的果实滚落一地，那些发黑的落叶，顿时黯然失色。抬头细看，大树的枝头，果实零星地藏在泛黄的树叶间。

有一棵大树，像把巨伞，树下卧着头黄牛，肚子鼓鼓的。青草很茂盛，卧牛的下部被青草埋没。阳光穿过树枝，零零星星地洒在卧牛背上，卧牛打着盹。一头黑牛，自顾自地啃着草，嘴巴和脚，被深草淹没。

城墙下有个运动场，几个小学生在玩命踢球。他们追逐着那乱滚的足球，就像猫儿追逐着四处逃窜的老鼠。

还是那几个小学生，他们追球追腻了，于是开始追人。你想跑，我拉住你的手；你力气大，我趴在你的背上；你停了下来，我在你面前引诱，假装要跑；你会躲，我把你赶到球网里；你像老鹰抓小鸡一样扑了上来，我突然转过身来笑面相迎；你们包抄过来，我干脆舒舒服服地趴在地上，仰头笑看；你不笑，我的双手可以让你笑，于是，我认真地、轻轻地给你的细腰挠痒；你可以演警察，我可以演小偷，但你何必那样义愤填膺，左手紧握，左臂挥起。

运动场附近有块围起的草地，草地里养着几只鸡。鸡屋成了这草地里的点睛之笔。鸡屋是木制的，开着拱门，一面墙上还装着玻璃。

夕阳将鸡屋的一面墙照得满壁生辉，也将鸡屋的影子拉得很长。一只肥鸡，想跨进鸡屋，又停住了脚步，埋下头来，用脚在身后草丛里，扒了几下。

坡上草地里，搭着个简陋棚子。一只羊驼，在棚子里靠墙而立。原以为是雕塑，过了很久，它才微微动了一下。它迎着夕阳，凝望着河对岸的新城。面对着那些高楼大厦，它似有无尽的迷茫。

徜徉在穆赛格城墙上，俯视脚下的老城，白墙红瓦，尖尖的屋顶里，冒出几处教堂尖塔。眼前的琉森湖变小了，近处游轮穿梭，远处白帆点点。

沿着城墙边蜿蜒的小道来到山脚，抬头仰望，青青的山顶与蔚蓝的天空连在一起，山顶的牛儿仿佛在天上穿梭。白云模糊了天地的界限，仿佛棉絮盖在山顶，又如轻烟升上了天。

泰施夜幕下的叮铃声

快进入泰施时，天还泛着白天的余光。镇边的两座高山，敞开怀抱迎接我。两山背后的空白，被起伏的雪山和漂浮的白云填补。

镇上有条小河，从山上奔流而下。河底和两侧砌着方形石砖，砖缝里长着杂草。溪水清澈，河床一览无遗。

一些木屋很有个性，木墙，屋顶由薄薄的石瓦铺就。木屋上下层之间有平台，平台连着斜斜的木梯。木屋底下悬空，由几根柱子支撑着，柱顶被圆形石板隔开，防止某些动物爬进屋里，偷吃偷喝。

泰施的新老木屋，有的建在平地里，有的建在山坡上，无不给人亲切的感觉。

天气还算暖和，墙边的向日葵开得很灿烂，周边白色的、红色的、黄色的花儿，竞相争艳。

街上有处台阶，七级高，两个玲珑少年，骑着自行车，一次次跃下台阶。黄衫少年刚刚斜着冲下去，白衫少年马上直着冲下来。旁边两个少女赞叹的眼神，激励着他们挺起胸膛，奋不顾身。身后走来一个大人，一脸惊讶，嘴巴张得老大，半天说不出话。

谁家屋顶的炊烟升起来了，摇摇晃晃，飘向山坡上的红树林、黄树林、绿树林。

泰施的木屋里面是什么样子呢？一处木屋的门半开着，屋里的灯光溢到门外。我走近木屋。但见屋里并排着四头黄白相间的奶牛，一头卧着，好像进入了梦乡，三头立着，一脸的坦然。奶牛屁股朝外，尾巴上系着绳，绳子吊在横梁上。一位农夫正在挤奶，他抬头看了看我，我用微笑同他打了个招呼。我把头靠近洞开的门，一股热气扑面而来，带着奶牛的气息。

小屋的另一面，安着明亮的玻璃窗。奶牛站着，稍一抬头，便能看到外面的世界。奶牛的脚下散落着软绵绵的黄草，那便是它们睡觉时的垫被。

农夫双手挤着奶牛硕大的白奶，奶水一阵阵射入桶里。农夫开始给最后一头牛挤奶了，他用手指不断地撩拨着牛的奶子，奶牛享受着这一过程，片刻后，便回报给农夫纯白的奶水。我问农夫，奶牛多大了，从他的回答里，我知道奶牛年纪不小了。

树林里的黑暗，把羊群赶了出来。一群黑鼻羊从林间小路上，缓缓走下山坡，它们低着的脸，被暮色淹没。黑夜能吞没羊的黑脸，却吞没不了它们脖子下的叮铃声。那声音由远及近，敲碎了夜的寂静。

街边有不少水槽，水槽上装着龙头。这些水槽很可能是牛羊喝水的地方，因为它们的高度和宽度，很能满足牛羊的需要。

谁家的小木屋里，住着几只鸡，一只伸着脖子抬着头向我张望。鸡屋下面铺着细沙，靠墙的地方放着鸡吃饭喝水的碗。鸡屋里斜着一把小木梯，鸡可以在上面来来回回地散步。墙上开着一扇玻璃窗，好奇的鸡可以站在梯子上，看外面的草地，看像我这样难得一见的黄种人。鸡屋里还吊着个篮子，该不是让鸡飞到上面去荡秋千吧。鸡屋的门是用白铁丝编织的，一个个小孔，让新鲜的空气及时地渗透进去。鸡屋的沙地里，一些鸡好奇地东张西望，一些鸡昏昏欲睡。一只肥鸡，独自立在木墙的方洞里，屁股对着我，侧耳听着我的脚步声。

泰施人真是浪费，那些独立于世外的木屋，本应留给诗人居住，却成了动物的家。

小镇的灯光让我浮想联翩。路灯朦朦胧胧，被淡黄的光晕包围。

一幢木屋的墙角上，挂着一盏白色马灯，马灯只是做做样子，并未点燃灯芯，却点燃了人们对往日岁月的回忆。

站在小镇高处，但见两条小路伸向镇区。一排排人字形屋顶，起起伏伏，如一排排展翅低飞的黑色大雁，在山谷里流连。零零星星的灯光，在各家各户的窗户里模模糊糊地亮着。远处的雪山，在漫天烟云的笼罩下，弓着背。雪山高昂的头，不知藏身何处。

我走进街心的一条小路。街边的一只黑猫，若有所思的样子。它的模样很讨人喜欢，灯光下的黑影却像只老虎。

一位老人，右手插在口袋里，左手牵着狗，在灯光下走。街上空荡荡，身后的路灯送别了他的影子，前面的路灯，又把它的影子来迎接。

对面山坡黑乎乎的，一处十字形灯光，浮现在山脚下，亮闪闪的，在那黑漆漆的背景里，好像要扶摇直上。

街边的教堂，在灯光的照射下，洁白而明亮。一个小女孩，踏着手握的轮滑车，从教堂边的小巷里，悄然而去。

在泰施，我忘了抬头看夜空里的星星。要么是星星很低调，不想太闪烁；要么是四处飘散的云，藏起了它们；要么是地上的木屋、灯光和铃声，把它们挤出了我的视野。

采尔马特的雨

在采尔马特，我没见到阳光。晶莹的雨珠，一次一次打动我平静的心。

一条小河穿镇而过，我站在湿漉漉的桥上，顺着河道眺望，马特洪峰隐约在云雾里，像是罩着一件半透明的薄纱。

小镇的大街小巷是行人的天下，横行天下的汽车在这里无立足之地。只有那小小的电瓶车，不冒一丝烟地从你身旁悄悄驶过；只有那拉车的马，踩着轻快的节奏，踢踢踏踏地在你面前路过。

小镇的房屋很协调，不高，多木质外墙，尖尖的黑色屋顶，漫山遍野、高高低低地铺开。鲜艳的花给这家的阳台镶上了红边，给那家的窗台袒露了生机。一些房屋的院落里种上了菜，绿意盎然。

街边有块草地，几只黑鼻羊不知疲倦地吃着草。一只羊脖子下的铜铃，零零星星地响着，清脆悦耳，让那些淅淅沥沥的雨声，羡慕得很。

几家屋顶上，悠然地升起了几缕炊烟。炊烟有时横着，如青春洋溢的少女，在隆冬里呵出的一口热气；有时直着，如洁白的泉水缓缓地向上喷出。

炊烟成不了气候。河对岸的山坡上，淡绿的树林上，浮着一大片乳雾，带状的，随着山坡起伏。河边的几缕炊烟与一片乳雾相依，就像田埂上的几朵鲜花与满田的棉花相偎。

山边的雾扩散开来，包围了山下的木屋，我走进雾里，浑然不觉。木屋边一块斜草地里，卧着几头牛。一头站立着，竖起耳朵，扭头看着我，好像在听我的眼睛讲话。莫不是，我的眼神告诉了它，我见到了牛，就像见到了老朋友。

天，又下起了雨。街上的伞撑起来了，蓝色的、黑色的、红色的，在街头浮现，接受着雨点轻柔的敲打。屋檐下，人也多了起来。一对父子无奈地立在屋檐下，孩子焦急地抬头望天，盼着那密密的雨线早点离去；父亲低头看着街道，只等雨溪快快消失。

我在伞下享受着街头的宁静，倾听着万物对雨水的诉说。

一栋木屋的下水管，不停地喷出白花花的雨水，洒进一只圆圆的白桶里，桶里的雨水不断地溢出，溢到草地里。更多房屋，下水管高高低低地悬着，里面泄出的雨水，像粗粗细细的白线，连到草地里，连到小河里。草地喝足了雨水，小河送走了雨水。

街头一男子，背着旅行包，左手推着自行车，右手撑着伞，雨水挂在伞骨末端，一点一滴地落下。有人说，雨总是无情地敲打伞，伞和雨是生死对头，就像矛和盾。伞不这样想，它很感激雨，要是没有雨，哪有伞存在的必要。雨也喜欢伞，雨和伞只有在下雨天才能见上一面，雨总喜欢在伞上蹦着，跳着，滚着，还依依不舍地在伞骨末端吊着。

街边绿叶丛中，开着大朵的红花，雨珠躺在花瓣上，滚落到花心里。花儿把雨珠护了起来，直到风儿把它吹跑，直到阳光把它蒸发。

一棵松树，黑色细枝上长着很多绿色针叶，闪亮的雨珠，被碧绿的叶尖挑着，雨珠抱着叶尖，叶尖拴着雨珠的心。

谁家屋前的一株灌木，清新明亮，绿里泛着黄，黄中透着红。雨珠留恋这颜色，一颗颗散落在凹着的叶片上，就像露珠舍不得离开荷叶。叶片更是竭尽全力地托着雨珠，让雨珠尽情地舒展，尽情地聚散。

墙上的时钟，圆圆的，指向上午十一时四十分。时钟下面滴着雨水，就像时间的流水从我们身边悄悄流过。那一滴滴雨水，好像在提醒路人，来日不长，莫待流水快干涸时，才发现一路上未灌溉过禾苗，未滋润过花朵。

街上悬着一盏路灯，在朦胧的白天，没有人去关注它。雨水却不一样，它将路灯一遍遍清洗，让那些躲在上面的灰尘，毫无藏身之地。雨水对待路灯，就像父亲对儿子，总想让他擦去思想上的灰尘，纯洁地照亮路人。

日内瓦闪过的西装革履

这正是秋日时分，黄色的落叶撒向青色的草地，日内瓦迷人的街景，让我的眼睛忙碌起来。

一踏上这片土地，顿觉神清气爽，清新的空气滋润着肺腑，仿佛无数街灯突然照亮了朦胧的夜色，又如一股清泉缓缓流过久旱的果林。

城里的公园很多，茂密的树林下铺着软绵绵的草地。公园里的房子很矮，树却很高。树下的房子若隐若现，棵棵大树呵护着栋栋矮屋，如快乐的爷爷悉心照料着可爱的孙女。公园是那样的深邃，一眼望不到边，睁眼也望不穿。树林很寂静，枝头的绿叶一天天减少，树下的落叶却一日日变厚。大人孩子在这黄绿变换的世界里嬉戏，他们蓝色的、黑色的衣服，在林间不停地晃动。一条笔直的小路，延伸到林间开阔处的草地上，一位母亲牵着快活的女儿，轻轻松松地走出公园。

最难忘那透明的公交站台，三面被玻璃护卫着，为候车的人遮风挡雨。绿树掩映着玻璃，置身其中，只觉被浓浓的绿色拥抱。

日内瓦湖很清澈，我未见到湖底，倒是被湖面上东游西荡的小鱼吸引。小鱼成千上万，密密麻麻。两只白色的水鸟，紧贴着透明的湖水盘旋。一只水鸟把颈伸得很长很直，一头扎进水里，扑向悠闲的鱼儿，就像一头饿狼，迅速扑向悄然前行的羊群；就像一支长箭，嗖地一声射向纷飞的鸟群。我不懂水鸟的心事，它是瞄上了某一条鱼儿呢，还是盲目地扑向鱼群？这些可爱的鱼儿，它们只知道水中有大鱼吃小鱼，哪能料到，天上还有飞鸟扑鱼。水鸟展翅飞离水面，水面掀起了漩涡，漩涡里泛起了白色的浪花。

好的建筑是一座城市文明的结晶。日内瓦的建筑端庄、整齐、严肃而不失活泼，古韵今风俱备。日内瓦的建筑气质高雅，富有内涵，出乎意料地让我舒适。

日内瓦灿烂的阳光，携着新鲜的空气，不声不响地钻进那些可爱的方窗。夕阳西下，黄色的灯光躲在黄色的树叶后面，炫耀地亮了起来。谁家的白衣女子，向窗外伸出双臂，将洞开的窗子轻轻合上。她那白皙的脸蛋和白衣裹着的丰满双乳，如三朵芬芳的栀子花，在窗外摇曳。

日内瓦街上，穿梭着西装革履的男士，他们潇潇洒洒，风度翩翩，沉着冷静。他们肩负着国家和民族的重托，在各大国际机构和国际组织里进进出出。他们学识渊博，气度非凡。如果把日内瓦比作解决国际纠纷的谈判桌，那么他们在谈判桌前的一举一动，一言一行，将要化解多少冲突和战争。他们的语气轻如鸿毛，他们的责任重于泰山。没有哪座城市有如此多外表和气质一流的男士，换作女性，我定对日内瓦流连忘返。人，终究是这世上最美的风景。

你看，拱门前，两个黑衣男子并肩前行，脚步迈得那样稳重有力。他们手提公文包，公文包鼓鼓的，莫不是装着世界知识产权组织的重要文件？

再看，人行道上并排走来三个男子，气宇轩昂。他们两手空空，好像刚从联合国欧洲总部散会出来。左边的那位较胖，西服后面开的叉，被他肥大的屁股一次次拱了起来。他的左手大拇指向上翘起，好像还在回味着，在会场上轻轻按下表决器的瞬间。

还有，迎面并排走来两位领带男，是否将前往世界贸易组织总部？一位高瘦，满头灰白的发，低着头，一副深思熟虑的样子，好像在考虑着，怎样才能让传统产业在经济一体化下不被吞没；一位年轻男子，身材匀称，朝气蓬勃，满头金发，抬头挺胸，一副信心十足的样子，好像在考虑着各国之间如何才能合作共赢。

日内瓦女子见面时喜欢行贴面礼。你瞧，屋檐下，一位高个子女士，低头弯腰，搂着另一位女士的肩。她们的脸亲热地贴在一起，传递着温情，拉近了心与心的距离。这样一座充满爱心的城市，怎能不让红十字国际委员会在这里安家落户？爱心是人类情感领域的珍宝，就像山中的黄金，就像黑夜里的明星。

日内瓦湖上的大喷泉有使不完的力气，总是激动万分的样子，一条笔直的水柱直上蓝天，然后飘飘扬扬地洒落而下。远望喷泉，静止不动的样子，如白色的桅杆上挂着白色的风帆。喷泉上面是瓦蓝的天空。天空里，飞机用身后的长烟，画出了白色的方格。

喷泉身后是模模糊糊的雪山，静悄悄地，默默无闻地立在远方。雪山孕育了日内瓦湖，湖水成就了大喷泉。人们无不仰望和赞叹大喷泉，很少有人把那幕后的雪山放在眼里，放在心上，因为雪山不动啊！因为雪山躲在宁静的后方啊！

当我飞离日内瓦时，回首身后的日内瓦湖，湖上的喷泉越来越渺小了，渺小成了一根白线，细细的，短短的。湖上的白帆愈来愈隐约了，隐约成了一个个依稀的小白点。远处的雪山似乎离我渐渐近了，近到我差点投入它那冰清玉洁的怀抱。

日内瓦的笑声

日内瓦湖畔的英国花园，叫我久久徘徊。一阵秋风起，黄色的树叶在空中飘飘荡荡，坠入草地的叶子找到了软绵绵的温床。跌落在水泥路上的叶子，在风的推搡下，打着一个又一个滚。

树上的叶子变薄了，人们身上的衣服却厚了起来。阳光普照，公园里的树影，时不时地将人影吞没。在陌生的人群中，一位中年男子的一举一动，牵引着我的视线。

但见他头戴黑毡帽，脚着黑皮鞋，外穿黑西服，内着白衬衫，脸涂白粉，中等身材，右手握着一根黄色拐杖，我就叫他拐杖男。

拐杖男身子微弓，缩着脖子，偏着头，抬眼望着一棵枝繁叶茂的大树。他侧着耳朵，聚精会神，好像在倾听树上鸟儿，是否在“叽”“叽”地笑他。不对，动物只会叫，不会笑。

于是，他继续前行，右脚坦然地向外张开，右手握着拐杖弯弯的柄，上下摇动着，摇得那样的悠闲，胜过母亲轻晃摇篮，胜过奶奶轻摇纺车。公园里的空气也被他摇得活泼起来，阳光也被他摇得开朗起来。

一个小男孩被他的滑稽模样逗乐了，抬头傻傻地望着他。他因被入迷的小观众欣赏，也就停了下来，双脚呈八字形并拢，左手偷偷摸摸地搁在腰间，右手用力地握着拐杖，让拐杖与身体垂直，狠狠地指向身外。再看他尖尖的白鼻子，尤其凸出。他的嘴躲在鼻子下面，欲哭欲笑。鼻子很严肃，嘴巴却很幼稚。他一只耳朵进一只耳朵出地听着小男孩的话，眼睛一眨一眨，传递着似懂非懂，传递着装聋卖傻。小男孩经不住这丰富表情和装模作样的挑逗，放声大笑，笑声在英国花园里回荡。

拐杖男目标远大，他离开小男孩，迎面过来一个头发花白的男士。于是他右手将拐杖斜着翘起，左手食指伸出，用力指着拐杖，是那样的严肃认真，是那样的自信满满，仿佛在提醒白发男子，当心这拐杖的威力，或者这拐杖上有什么特殊的魔力。其实啊，这拐杖上一无所有，只是被他营造的幽默气氛笼罩。

拐杖男双腿朝外弯，双脚在路上轻松地踏着，神气活现地探着。迎面一个胖女子发现了他，她笑得比日内瓦的阳光还灿烂，而他一声不响，比阿尔卑斯山还沉默。

阿尔卑斯的山坡上

从卢加诺前往因特拉肯，需从阿尔卑斯山南坡翻越到北坡。阿尔卑斯山南坡绿意盎然。提契诺河畔，巍巍青山，浓雾笼罩，河谷平地上，绿草如毯，秋树纵横。

随着地势升高，山上的树木稀稀落落，直至裸露出光秃秃的岩石，积雪却恰到好处地给这些灰头灰脸的山峰，涂上了白粉。那些顽固不化的积雪，在山峰之间形成冰川，有的如切好的蛋糕，有的如凝固的瀑布，它们总喜欢戛然而止。

积雪和冰川的出路，便是那深深浅浅、宽宽窄窄的沟壑。艳阳高照，积雪和冰川醒了，活了，变成高山上的流水。流水又是如何越过弯弯曲曲的盘山公路呢？

明明看到一条白花花的细流，在石缝里左冲右突，在草地里潜流，一扭头，它却从公路底下钻了出来，沿着山坡洋洋洒洒而去。原来，瑞士人在公路下面准备了暗渠，让流水有路可走，让车子畅通无阻。

瑞士人还在山坡上修建了一些廊道，车子从廊道里面穿过，流水从廊道顶上飞走，飞得那样的轻盈，那样的亮闪闪。这些廊道也有不好的地方，总是在瞬间将周边的风景吞没。

说起盘山公路的弯曲和陡峭，公路边的某一栋房子可以作证。随着时间的流淌，这栋房子刚刚还在你脚下，一会儿就跑到你头顶上去了；明明就在你左边，一转身就闪到你右边去了。

阿尔卑斯山北坡，地势一路下降，秀丽一路升级。有处山坡，离我很远，却仿佛近在眼前，应是秋树的颜色，把我的目光拉了过去。秋树在山坡上呈带状绵延开来，淡绿和墨绿中泛着淡黄和深黄。那棵棵婆娑的黄叶树，变成了朵朵明亮的黄花，盛开在绿海里。

秋树林子上面是灰白的山崖，如屏风，似银幕。山崖上的蓝天是那样的宽容，任由白云东游西荡，肆意缠绵。

林子下面是青草地，草地里蜿蜒着小路，流淌着小溪。草地里的木屋尤其安静，屋外不见一个人影。木屋的影子立在一旁，朝三暮四的样子，总想离开木屋而去。

远处，林边的青草地，斜斜的，部分沐浴在阳光下，部分淹没在阴影里。青草地里星星点点地散落着一些生灵，不知是牛还是羊，宛如草地里的朵朵鲜花，却不见它们在风中摇曳。

路边草地里，用矮墙围起了一个院落，立着一些墓碑，碑林里有鲜花和十字架。难道在天之灵，也眷恋这一方净土？

在阿尔卑斯山坡上，我愿做天空中的一朵云，去安慰山顶的白雪，别留恋高处的风光，化作流水吧，才能到达远方的家。我愿做林间的一阵风，去安抚枝头的黄叶，别恋恋不舍，飘落吧，新的要来，旧的得去。

从安德马特到泰施，我乘坐的是冰川快车。一路上的风光，足以拆开一对久别的恋人。不是吗？你们原本依偎在一起，手握着手，陶醉在二人世界里。但是，车窗外的山和水、树和草、牛和羊、房屋和小路，总会牵着你的视线，牵着你的心。这些迷人的身外之物，一忽儿出现在列车的左边，一忽儿出现在列车的右边。有时还让你招架不住，左右同时出现。你还顾得了身边的另一半吗？列车上多的是空位，那些沉迷于风景的人，开始手忙脚乱了，一会儿站起，一会儿坐下，一会儿靠着左边的窗，一会儿贴着右边的窗。

列车可以制造朦胧，当它走得快时。河边的一排秋树，匆匆地向我身后退去。秋树的叶子黄了，树的枝干却格外的黑。树外的草地里，卧着一间粉墙黛瓦的尖顶小屋。黑色的树干和树枝，迅速将小屋的白墙涂黑了。小屋外，是两头牛，还是两匹马？实在难分得清楚。一淡黄，一浅黑，看那身材，像马，看那老实的样子，又像牛。隔着交叉的枝叶看它们，如同隔着半透的裙子，看佳丽白皙的腿。

列车有时也会慢下来，这时，也就可以看到窗外的动物在动。山脚下有片草地，树的颜色，红的、黄的、绿的，深深浅浅。落在青草地里的树影，一样的黑。草地厚而密，既是牛儿的粮仓，又是牛儿的席梦思。牛儿很容易填饱肚子，于是它们变得多情起来。一头牛躺在草地里，扭头看着身旁的另一头牛，另一头牛停住了脚步，侧耳听着卧牛的情话。牛儿怎会讲话呢？牛儿的肢体传递着它们情意绵绵的心里话，许是鼻孔里呼出的一阵温暖气息，许是眼睛里发出的一道心灵之光，许是尾巴轻拂一下对方的圆肚。

还有两头牛，面对面地立着，一头在舔着另一头的颈，它们彼此都很舒服。草地成了牛儿恋爱的温床，秋风和秋叶，成了牛儿触景生情的催化剂。

山坡上那些黑墙黑顶小木屋，点缀在斜斜的青草地里。还有零零星星的树，也在柔软的草地里，姿态万千地立着。木屋居高临下地俯视着河谷，小路弯弯曲曲，自下而上地凑近它。

看，那边山腰上的青草地，波浪般起伏。凹凸有致的草地里，一栋栋孤零零的小屋，就像浪涛里的一叶叶扁舟，又如碧海里的一座座小岛。草地边的树林，就变成了无边的堤岸，将小屋环绕和拥抱。

山坡上有处嫩绿的草地，牛羊定未涉足过，是那样的纯洁，那样的富有弹性，如豆蔻年华的少女，她们纯真的爱情从未被异性启蒙。这片草地是地球迷人的皮肤，草地里那些可爱的小树，自然就成了皮肤里醉人的毫毛。想念一个人，如能想到她白嫩皮肤里的毫毛，那你对她的想念，也就深入骨髓了。他日，我对阿尔卑斯山坡的想念，定会有过之而无不及。

在阿尔卑斯山坡上，我愿意，当牛做马，在罗讷河畔，随流水奔跑，在红叶林里，生长爱情。

从泰施到洛伊克巴德，遇上了雨。阿尔卑斯山坡上的葡萄园，绿中泛着黄，一行又一行，一块又一块，在雨中沐浴。

山路弯弯，山上白雾茫茫。黑色的山头在雨雾里隐隐约约，起起伏伏。

车子慢慢地盘旋而上，钻入了雾里。回首山谷，白雾如青烟，如薄纱。对面山坡上，一排排黑屋人家，在白雾里浮现，在黄色的、青色的树丛里静立。

在阿尔卑斯山坡上，我愿随着那仙雾，无拘无束地飘荡；我愿跟着那黄叶，潇潇洒洒地坠落。

墨西哥　古巴篇

墨西哥城的石人想说话

墨西哥城躺卧在高原盆地之中。北纬十九度穿过城市附近，如一条温暖的电热丝。二千多米的海拔，又如高悬着的中央空调。这里冬暖夏凉。

在城市上空飞行，房屋连绵不断，从中间的低处，向四周的高处蔓延。放眼望去，飞机下面到处是低矮的房屋。我仿佛变成了一条逍遥的鱼儿，漂游在群山环绕的水库里。

夕阳给三文化广场上的建筑，披上了粉红的薄纱。落寞的石块，流露着阿兹特克人的忧伤，退出文明舞台，他们真的心有不甘！

我见过棕榈树的挺拔，但从未见过如此粗大。马路中间的棕榈树，让我显得渺小。棕榈树健康成长，它们不但要感谢土壤，更要感谢墨西哥人。他们把大树当大神来敬，宁可叫人和房屋让路，也不让大树离开。

郊区的民房漫山遍野，起伏连绵。民房低矮，外观简陋。

看到一辆辆缆车，从高处的居民区倾斜地滑下来，别以为是游客在惬意地欣赏城市风光，那是居民们日常的交通工具。

一个城市吸引人的，有时是一条街道，一幢房屋，甚至一棵树；正如一个人让你终生难忘的，有时是一道深情的眼神，一个羞涩的笑容，一句鼓励的话。我总也忘不了，在我人生低谷时，一位渔民对我说，“估得了四只脚的猪，估不了两只脚的人。”它激励我跌倒了再爬起来，胜过无数名言警句。

改革大道及其附近是墨西哥城现代文明的集中写照。我很幸运，在墨西哥城遇见了如此好的天空，不成形的、洁白的云，点缀着干净的蓝天。旱季的墨西哥城，鲜花点缀着干渴的树与草。街上绿树成荫，行人时不时淹没其中。

亮丽的高楼在绿树背后，隐隐约约，或露出上半身。有的大楼如半卷的书，封面散发着温馨的光；有的大楼如竖起的白色手枪，枪口直指晴朗的天空；有的大楼，青草铺满斜斜的屋顶，浓绿得我真想爬上去往下滑。一架白色直升机在林立的高楼上缓缓飞行，打破了天空的宁静。它慢慢地靠近一座圆形玻璃大楼，稳稳地停在楼顶，就像一只轻盈的蜻蜓，舒展着翅膀，歇脚在林间光秃秃的树梢上。

一条马路中间，青草伴着一堵孤独的老墙，老墙斑驳，一孔连一孔。墙的两端流淌着白花花的水，仿佛在滔滔不绝地，吐露着它纯洁的心事。

在国家人类学博物馆，我真真切切地遇见了新大陆的古文明。那些栩栩如生的石像，让我注目凝神，回味无穷。

有个石人躲在一角，斜着眼睛注视我，脸上隐约着神秘的暗笑，嘴巴微微张开，好像要偷偷地告诉我，很久很久以前，关于女子的秘密。

有个石人，躬着身子，缩着脖子，面部丰满，嘴巴微抿，用着暗劲在朝我偷笑，笑得眼睛下陷。看样子，那石人好像要趁人不备，冷不防地推你一把，把你推到身边某位佳人的怀里，然后若无其事地看你的尴尬，笑你的难堪。这个恶作剧的石人身旁有个石人，领导模样，双腿交叉在前，端坐，挺着腰杆，张大嘴巴在骂人，他气得向上翻着白眼，满脸的皱纹也为他的愤怒推波助澜。吓得一旁年长的石人，小心翼翼地赔着笑脸，可怜他的门牙已经脱落，一脸善良。

这些石人啊，印第安人有多少艺术细胞和感情倾注到了你们身上。如果地球上的石人能摇身一变，成为活人，墨西哥的石人肯定是最生动活泼的一群。

墨西哥人迎难民

从哈瓦那飞临墨西哥城，第一辆机场摆渡车，满载乘客，像快速滑动的蛇一样，溜走了。

第二辆摆渡车很快来到，车内很宽松。我一手提着包，一手扶着立杆。一位三十出头的女子站在面前，她的行李引人注目，脚旁放着两个，手里拿着一个。我的目光带着问号和感叹号，从行李移到她脸上，她朝我友善地微笑，笑容是那样的淡然，淡然中含着些许的欣喜。我回敬以担心的浅笑。她孤身一人，如此多的行囊，怎能轻松前行？

摆渡车嘎地停了下来，我犹豫不决，很想助她一臂之力，但又害怕遭到婉拒。人们纷纷离车而去，顷刻间，我找到了一个心安理得的借口，也许她根本不需要帮助。我头也不回地离开了摆渡车，把她那模糊的身影和鼓鼓的行囊抛在了身后。

通过海关，来到出口，但见很多人胸前捧着白纸黑字的牌子，在耐心而又急切地迎候着亲朋。猛抬头，发现一台台摄像机高高举起，镜头对准出口处。镜头后面，人们伸长着脖子，倾斜着身体，用激动的目光搜寻着。

我的第一反应是，肯定有大人物经过这里。会不会是某位政府首脑？不对！政府首脑怎能经过平民通道？他们下机后，往往有当地高级官员在一旁恭候，有专车接走。

该不会是球星或歌星？我内心里也很想见见他们。想当年，在一家体育中心，我花了几百元钱，还只能远远地看到，某位歌星模模糊糊的身影，在灯光里摇晃。

很快，有人告诉我，众人聚焦的是一位来自地中海东岸的难民。于是，我又好奇起来，难民会是什么样子呢？我可从未亲眼见过难民，尤其是战争中投奔他国的难民。我的目光就像急流中的一片树叶，被卷入漩涡，漩涡的中心让我大吃一惊，原来那位难民竟是摆渡车上，我终究未能伸出援助之手的女子。她脚着黄色高帮鞋，上穿白色长袖衫，下穿蓝色牛仔裤，丰满的臀部被紧身的裤子，束缚得好像受尽了委屈。

她被记者拦住，停下了匆忙的脚步。于是，很多话筒伸了过来，一个长着络腮胡须的记者，带着善意的微笑采访她，更多的笑脸向她凑近。一位高个子女工作人员，关爱地扶着她的肩膀，一些人在白纸上用英文写着欢迎回家，高高地举过头顶，向她挤过来。那字里行间，透露着墨西哥人的真诚和友善。难民不远万里，飞越重洋，孤身一人来到这陌生的土地。要知道，她身后也有年长的父母要赡养，也有娇儿要照料，也有爱人要温存。但怎奈炮火纷飞的岁月，不知何日是尽头！

当我看到，有位女子张开双臂，两只粉嫩的白手，高高地举着绿白红三色的墨西哥国旗，久久不肯放下时，我顿时对这个国家肃然起敬。墨西哥并不发达，但肯向危难中的人伸出双手。富人常常不肯帮助穷人，而穷人往往更愿不求回报地帮助他人。富人心里装的多是利和名，穷人心里装的多是感情和道德。

走出记者包围圈，难民背起包裹，弯腰埋头，一步一步地行进在人群里，她的身影很快消失在机场的人流中。

今晚，她将在墨西哥城，睡上一个安稳觉，再也没有枪声，将她从梦中惊醒。

墨西哥湾畔清风拂绿叶

梅里达的空气新鲜里裹着甜，你感觉不到它的存在，但它又无处不在。尽管看不见，摸不着，但它总是悄悄地滋润着你的肺腑，就像人与人之间的真挚友情，永远是回忆天空中不灭的启明星。

这里的气温既不冷淡，也不过分热情，是那种恰到好处的偏暖型。风吹到身上，就像恋人轻摇着芭蕉扇，让你激动的心情慢慢得到平静。

梅里达隐居在尤卡坦半岛西北角，靠近墨西哥湾，是座默默无闻的城市。

多变的云在空中轻盈地飘荡，晚霞的余晖幻化成淡淡的火焰，将白云燃烧得通体粉红。棕榈树在风中舒适地摇摆着枝叶，如少女兴致勃勃地前行时左右摆动的马尾发，洋溢着活力，散发着魅力。

梅里达人呵护花草树木。花草树木虽不能自己走动，却各得其所，它们在风中摇曳，在雨中沐浴，在阳光里吐露芬芳。梅里达人没有把房子、车子和衣服当作生活的主人，这些看得见的东西乃身外之物，而看不见的空气，却无时无刻不进入人们体内，乃身内之物，乃幸福之源。仰望梅里达空旷的蓝天，我发现它一无所有，似乎又无所不有。

清晨，鸟儿打破周边的寂静，我被它们早早唤醒。推窗俯视，不见鸟的身影，但见一丛丛茂密的绿树，将低矮的房屋团团围住，满眼尽是绿色的海洋，白色的房屋淹没其中，只是偶尔露出三两间，就像夜空中若隐若现的星星，又如大海中隐隐约约的岛礁。

你见过夕阳无限好，可见过朝阳这般妙吗？没有高楼的遮挡，朝阳尽情地挥洒到街道上。街边粗壮的树干，被爱护它的梅里达人用石灰水涂得雪白，而朝阳却悄悄地在白色之上抹上一层温馨的金黄。树木太高大、太浓密了，树影里的矮屋沉浸在朦胧的黑暗中，主人家的灯，还隐隐约约地亮着，不知何时能熄灭？

梅里达的房屋多为两层，躲在街边大树后。一座修长的白塔，勉强高过了绿色树梢。塔身镶嵌着上下两个环形观景台。一只黑色的鸟儿在蓝天绿树间盘旋，斜着身子缓缓降落到观景台的栏杆上。它东瞅瞅，西望望，有时高兴地翘起尾巴，有时果断地低下头。两只脚，谁说呢？分明是两只手！在栏杆上玩杂技，前后左右地调换着位置。

道路中间的绿化带里，一株好出风头的嫩苗，在风中轻舞，两片绿叶就像古时歌女在缓缓地抖动绿袖，又如丹顶鹤在轻拍快乐的翅膀。最让我不可思议的是，灯杆上吊着两个花盆，它们居然一左一右地荡起了秋千，荡得那样的自在，那样的轻快。我顿时傻了眼，问清风，风轻拂着我的脸，委屈地告诉我，它并没有使劲啊！问花盆，花盆说，我也不轻啊！我上面绿叶满溢，叶丛中开满了白花，我里面还得有泥土吧。找不到答案，只能去怪匆匆路过的大巴，许是它把这单纯的空气，引诱得太厉害了。

梅里达的房子洁白无瑕，让我顿生怜爱。房子门前常有廊道，被一根根圆形的白色立柱支撑着。门窗上部多为半圆形，尽显曲线美。房子前后左右被绿树包围，一些大树的枝桠斜着长到屋顶。黑色的树影总喜欢在雪白的墙上乱涂乱画。一阵风吹过，树影在白墙上凌乱地扩散开来。

谁说梅里达郊外的云是闲云呢！它们忙得很呢！朵朵白云，成群结队地奔跑。有的白云低头欣赏着地面上茂密的丛林，想在绿油油的树梢上歇歇脚，睡睡觉。后面的一朵云对前面的一朵云心生爱慕，爱慕她小巧玲珑，爱慕她轻盈而不轻浮，爱慕她纯朴，更爱慕她那认认真真、一步一个脚印奔走的模样。后云鼓起勇气，从身上撕下小片碎云递给前云，向前云发出信号。前云无奈地告诉后云，我有我的方向，我无法保证我们在一起啊！它们分别了，在云群中各自飘荡，各自追寻。也有偶然的一次，它们在蔚蓝的天庭相逢，前云向后云伸出久别重逢的手，后云不知所措、受宠若惊地握住，握住的是惋惜，握住的是未曾迸发就已熄灭的火花。后云在前行中懂得，要到达心中的港湾，不能左顾右盼，不能增加负担。当其他的云，在旅途中相依相偎时，拖儿带女时，抱团取暖时，它却孤独地徜徉，不断地舍弃，身轻才能如燕般飞翔。

一阵风吹来，后云把它的影子洒到了树林里。不久，它那小小的身影，就将投入墨西哥湾湛蓝的海水！

坎昆长天里的滑翔伞

隆冬时节，我不远万里，一心想投入坎昆温暖的怀抱。坎昆热情地迎接了我，又惋惜地送别我。在迎送之间，它常常阴着脸，难得灿烂一笑。

进入长岛地带，湛蓝的天空中停泊着朵朵白云，棕榈树的叶子纹丝不动，白色树干的根根黑影，匍匐在青青的草地里。

路边一只黑色的鸟儿，看到白花花的喷泉使劲地往上窜，却始终突破不了原来的高度和宽度。鸟儿找到了喷泉的规律，慢慢走近它，一头钻了进去，舒服地抖动着翅膀，灵活地摇着头，轻轻松松地洗了一个快活的澡。

我的窗外是偌大的阳台，阳台外是高大的棕榈树，棕榈树外是白色的沙滩，沙滩外是碧绿的海水。

厚厚的乌云笼罩东方，海天相逢处的太阳苏醒过来，乌云开始分裂了，中间露出破碎的蓝天。一束扇形的金色阳光，从乌云缝隙处喷射而出，如耀眼的焰火冲破沉闷的黑夜，如怒射的龙头洗刷着蒙尘的草木，如万千弓箭射向成群的凶狼。

不知何时，乌云越积越多，越积越厚，而且向四周扩散开来。这些来自乡村的乌云，它们在那里撒野惯了，欺压和驱赶善良而可爱的白云。如今它们试图霸占加勒比海这片蔚蓝的天空。它们终于找到了借口，说太阳吸走了它们身上的水分。太阳满脸委屈地望着汪洋的海水，渐渐地，渐渐地，它的光芒被淹没了。加勒比海上的乌云啊，你们终将被驱散！

乌云的势力太强大了，太阳只好暂时过起了隐居和休整的生活。狂风是乌云的帮凶，海水被它欺负得时而呜咽，时而嚎啕大哭。被狂风驱赶的浪花，投入沙滩柔软而洁白的怀抱。沙滩是浪花的家，宽容它的失败，抚平它的创伤，让它悲壮地来，平静地走。沙滩里的棕榈树，顶天立地的样子，风呼啸地扑来，逼着它低头，它的叶子无力地顺从了风，结实的躯干却屹立不动。

突然，空中飘起了雨，阴风冷雨把我赶回了房间。沙滩上的遮阳伞垂头丧气地收拢着，一把把休闲长椅，空虚地半躺着，露天泳池空荡荡的。沙滩在风雨和乌云的控制下变得冷漠起来，人们纷纷躲到温暖的室内。

乌云密布的天空下，黄黑相间的弧形滑翔伞格外引人注目，它缓缓地飘荡在加勒比海的上空。滑翔伞并没有听从风的摆布，它的下方紧垂着长长的线，线的末端被勇立潮头的冲浪人牢牢地掌控着。这个风雨中的弄潮儿，乘着风，踏着浪，时而转身，时而直立，时而后仰。他的身前身后掀起片片白色的浪花。

冲浪人有时浸没在浪花里，有时又像腾空而起，飘飘欲仙。此时的海水成了他柔软的大道，此时的狂风成了他前行的动力，此时的滑翔伞成了他腾飞的翅膀。我也曾在梦中飞起过，是那样的洒脱，是那样的欣喜。

冲浪人时不时地牵引着我的视线，离我近时，可以看清他黑色的衣服，离我远时，只见飞溅的浪花中隐隐约约的一个小黑点。当滑翔伞也变得很小、很模糊的时候，也就不见了冲浪人的踪影。

太阳露出了灿烂的笑脸，人们纷纷走向海滩。遮阳伞椭圆形的影子，在粉白的细沙里格外的黑。沙滩的躺椅上，西方女子穿着比基尼，雪白的身体熠熠发光，她们仰天而卧，闭着眼睛做着白日梦。沙滩与海水交界处，一位丰满的比基尼女子，俯卧在软绵绵的沙滩上，双臂撑地，抬着头，任凭海水漫延到她的脚部、腿部、臀部和腰部。海水一遍又一遍地为她按摩，给她送来快乐的浪花。一位金发女子，赤着脚，戴副眼镜，挺胸抬头地在沙滩上走。她一手拿着刚刚脱下的花衣服，飘飘然地摆动着粉红的双臂，闪动着白皙的细腰，沙滩成了她旁若无人的走秀台。

好景不长，烟云又开始笼罩四野，阴风也趁机吸走人们身上的热量。我来到长岛西岸，这里风平浪静。西岸多乱石，大大小小的。这里的沙滩狭小，浅水里生长着浓密的海草，被浪打上岸的海草已经干枯，黑褐色的，沿着岸边伸展。平静的海水里泊着几艘小帆船，有白帆，有黄绿相间的彩帆，就是不见我儿时常见的黑帆。张开的帆，没有一丝动静。海水很清，海底的白沙和黑石，历历可见。岸边立着几个圆锥形的草亭，为人们遮风挡雨，供人们躲避烈日，也给海滩平添了几份古意。

第二天，朝阳染红天边，海水蓝得像玛瑙，波浪也白里泛红。不远处的一家“八”字形酒店，仿佛张开双臂给我一个遥远的拥抱。

一处高高隆起的草地里，立着两个蓝色的雕塑，雕塑好像在弯腰低头地问我：远方的客人，何不再停留一天？

哈瓦那的闲情逸致

一月的哈瓦那，洁白的云漂浮在蓝天绿树间。明媚的阳光铺天盖地，行人穿梭在浓浓的树荫里，丝丝凉意袭上心头。淡绿的草地被浓密的树影染成了深黑，阳光里不断移动的人影，一旦移进这清凉世界，影子便融进了草地里。

哈瓦那的天空很宽广，接纳了我无限的想象和憧憬。

哈瓦那的云变幻多姿。有时很清高，像隐隐约约的细纱，轻描淡写地停留在蓝天里；有时很婉约，像阵阵涟漪，在蓝色的水面泛起白色的浪花；有时很亲切，像绽放的张张笑脸，缓缓地飘进心间。

哈瓦那的棕榈树笔挺，上下略细，中间微鼓，分明是哈瓦那街边，亭亭玉立着一个个初孕的佳人，佳人的腹部破坏不了她整体的苗条，却更加勾人心魄。

海滨大道外的浪花，有时激情澎湃，伸出白色的浪头，来偷听城市的动静。大道外平静的海角里，海水清澈见底，漾动着细微的涟漪，水底大小的石头和木头，历历在目。

海边有围墙，高出路面很多。有人静静地坐在围墙上，放长线钓大鱼，心随线动。有人猛地挥起鱼竿，鱼钩空空，扬起的鱼竿上，阳光闪闪。

哈瓦那街边的林荫小道就像绿色长廊，又如幽深的隧道，总是将步入其中的行人瞬间吞没。

哈瓦那人物质相对贫乏，时间却很富余。人们经常悠闲地看天，看地，俯着身子在阳台上，看路上的行人。

哈瓦那人的双手经常搅动我的视线。

庭院里的白色靠椅上，坐着个老人，黑长裤，白短衫，身体高大结实，头发花白。他双手下垂，放在张开的双腿间，左手五个指头与右手五个指头，有节奏地，轻轻松松地互相敲打着，好像在捉着一个又一个的快乐。老头似乎感觉到，这样反复下去也没什么意思。再看时，他双手已悄悄放到大腿上，一上一下地轻敲着双腿，把看客的烦恼都敲得支离破碎。

有幢小屋，周边绿树环绕。门前台阶上，静静地坐着个白人老者，背靠罗马柱，光头，黑短衫，熟睡的样子。突然，他想起了什么，双手紧握，在双腿上快速地捶打着，就像节日的鼓手抡起鼓槌，使劲地敲打着欢乐的鼓。他的快乐来得太突然，似风起云涌，似旭日喷薄而出。

街边，哈瓦那女子招车的手势，总是无比的优雅，仿佛在用玉指，上下弹着香烟上的灰烬。轻轻地，轻轻地，是那样的悠闲，又是那样的礼貌得体。

街边底楼门前，常能看到老人双手合拢，上上下下地，悠闲地晃着，好像在祈祷，又好像在搅动着似水的光阴。

也许是哈瓦那人的双手搅动了街上的空气，空气波及到我眼前。不然，那豪不张扬的小小动作，为何总牵引着我的目光？

我不能回避哈瓦那的老屋。老屋门前常有庭院，院内青藤爬上墙壁，棕榈高过屋顶，草地收留落叶。

老屋墙壁，被岁月涂上了深深浅浅、模模糊糊的黑色，阳光斜斜地照在墙上，老屋从历史的沉睡中醒了过来。也有老屋粉刷一新，俨然四十岁的女子，穿上时新的服装，古韵今风共存。

老屋的阳台很温馨，有人围坐在一起，谈天说地，沐浴着明媚的阳光。有人俯身与街上的熟人打招呼，空气很透明，立在三楼的阳台上，许能看清多日不见的好友，新添了几多白发。街上人声鼎沸时，他们就用双手比画着传情达意。

老屋下面多有廊道，可以遮风挡雨，可以躲避烈日，在廊道的拱门与立柱间，你可以找到半个家的感觉。

大树有时将老屋包围，细长的枝桠斜斜地伸到窗外和门前，门前院落里一片清凉，零零碎碎的阳光，恰到好处地带来了温馨，也给淡淡的黑暗增添了几许光明。

也有老屋油漆脱落，墙面斑驳，甚至裸露着原始的砖块。但我不为这些老屋伤悲。且看，一位朝气蓬勃的少女，闪着腰肢走进了那些落寞的老屋。再看，铺满砖块的小巷里，静坐的本地男子，给阳光下悄悄走来的外地女子，翘起大拇指，翘得外地女子的笑容，比阳光还明媚。这一切，都发生在老屋门前。

哈瓦那的老屋，就像那脸上长着雀斑、气质绝佳的女子，多少人被她深深吸引，想轻抚她古典的秀发，紧揽她现代的腰。

凉风习习，脚下灯火闪烁，我伫立在莫罗城堡一角，呆呆地凝望着深邃的夜空。我望明月，明月向我弯腰，弯成了一把银色的镰刀；我望星星，星星向我眨眼，眨得我又多了几分依恋；我望那淡淡的白云，白云向我害羞地躲闪，却总是深情地露出粉白的脸。一声礼炮，响彻夜空，回答了我，人类怀念古时的风。

我常回味哈瓦那，凝望茫茫的太平洋，总也无法见着漂泊在波光水影中的它。我唯愿旭日多亮堂她的老屋，明月常洒遍她的街道。

哈瓦那的伊甸园

哈瓦那有很多街边游园，小巧玲珑，树荫斑驳，那里是爱的温床。

一处小游园，背街的几面被白色围墙包围，围墙较高，开着错落有致的窗。几棵修长的树高出围墙很多，在游园的上空支起了一个蓬蓬勃勃的绿色帐篷。园中有个小喷泉，跳跃的泉水总想冲出这绿的包围。

绿色掩映中，一对年轻男女让我顿生笑意。

男的较瘦，瘦得骨头都不把肉放在眼里。他的发型在追赶着潮流，耳朵以上头顶之下，完全是光溜溜的不毛之地，好像头上倒扣着一个圆圆的小黑锅。男子穿得较多，也许是哈瓦那的清晨夜晚凉意袭人。

女的丰满，穿得少，露着腿和臂。男子右手浅插裤袋，左手拄着长椅，身子向女子微微倾斜。女子一手舒服地垂在自己腰间，一手软绵绵地搭着男子大腿，头不由自主地向男子的脸扭过去。他们让四只手闲着，就这样懒洋洋地接起了吻，是那样的吊儿郎当，是那样的旁若无人，如鸟儿喂食。

甜蜜之后，男子的头还在傻傻地歪着，女子却一本正经地坐着，但她脸上露出了无比灿烂的笑容，仿佛一口吸进了满腹的爱。

在一处高低错落的浓绿树林里，一位年轻的母亲斜坐在黑色靠椅上，怀里搂着个可爱婴儿，背后植物的嫩叶，在阳光下，绿中泛出温馨的黄。

婴儿被叶子吸引，伸着小手去抓。他懵懂的心里，也许是想感受一下另一个生命的新奇。母亲把身体轻轻挪开，婴儿够不着叶子，心里满是失落，头扭向一边。为了表达对母亲的不满，他抬头仰望母亲，伸出小手臂，张开五个小指头，用力地推着母亲的脸。母亲的脸向一边歪去，脸上却洋溢着安详的微笑。

母亲穿着吊带衫，袒胸露乳，健康而丰满。婴儿依偎在母亲的怀里，就像依偎在两个高高隆起的粮仓间，又如静卧在一个两头隆起、中间下凹的柔软枕头里。而对孩子的父亲来说，那隆起的粮仓，那柔软的枕头，便是他手心里的宝，让他忘却人间烦恼。

另有一处小游园，一对年轻人光明正大地坐在长椅上，如胶似漆，我逛了一圈再次经过这里，他们依然紧紧相挨，依依不舍。与知己和深爱的人在一起，总觉时光飞逝，总恨同行的路不够漫长。

街道上缓缓走着一家三口，妻子和女儿在前，父亲在后，呈三角形，父亲一手搭着妻子的右肩，一手搭着女儿的左肩，天伦之乐就这样在街道上浮动。

夕阳铺满斜斜的街道，地面上流淌着金色的光。谁家面街的阳台上，吊着一只鸟笼，笼中鸟倍感寂寞，不停地呼朋唤友。几只自由的野鸟，在笼外飞来飞去。主人宠爱鸟，给它营造安乐窝，不让它遭受风吹雨打，给它水，喂它食，但他怎能听懂鸟儿伤心的歌喉。哪有翅膀不渴望飞翔？哪有双脚不渴望奔跑？

野鸟告别家鸟，在街道上空追逐嬉戏。公鸟拐着弯地追求母鸟，上下左右地紧跟不放，街道上空成了它们调情的伊甸园。

巴拉德罗的浪卷浪舒

天空粉蓝，浪花雪白。此刻，我出现在巴拉德罗海滩，阳光从稀朗的云缝里洒将下来。

湿漉漉的沙滩上，一只白头白胸脯的海鸥，陶醉在阳光下，陶醉在浪花哗哗的浅唱里。它那白色的身影踩在脚下，很亮眼；而那黑色的身影，落在身旁，很瘦小。

两只海鸥转过身，望着浅水里的一位妙龄少女。她身着红色比基尼，古铜色肌肤，弯腰埋头，专心地找寻着贝壳。那苗条的身材，那拱形的曲线，就像弯弯的细柳轻拂水面。她那彩色的身影倒映在脚下，分明是冬天里淡黄的火焰，活泼而温暖；她那黑色的身影倒在一旁，恍若被风推倒的一缕炊烟，飘逸而冷静。啊，她抬起了头，手捏心形贝壳，满头油亮的金发，胜过金色的夕阳。

到巴拉德罗海滩的浅水里走一走吧，在那里，你可以有两个身影。一个黑色的，躺着，仰望蓝天；一个彩色的，伸入脚下。尤其是那彩色身影，地下的清凉和神秘，只有它，借着你的想象和甜梦，才能一探究竟。

远处走来两个比基尼女子，隐隐约约，像风里吹来的两瓣梨花。近了，近了，一脸的笑容，是梨花在怒放。

一对年轻夫妻，赤着脚。沙滩细腻如粉，他们的脚舒适得停了下来，惬意传到了手心，两人突然在空中击起了掌。那饱含欢乐和爱的响声，响彻我心扉。

近岸海水清澈，可看到水下深深浅浅的脚印。由近及远，海水逐渐从淡蓝过渡到深蓝。

八只海鸥，两个一对，排成四排，颇为整齐。另有一只，站在一旁。难道它们在商量什么？在等待什么？在训练什么？天上的白云飘过来了，海上的浪花卷过来了，它们一直沉默不语。一对夫妻立在沙滩上，久久地望着海鸥。这四绝七律般的排列组合，让他们兴味盎然。

一只海鸥，在海面上盘旋。一会儿贴近水面，抬着头，与浪花比高；一会儿凌驾于浪花之上，比谁跑得快。浪花快乐得很，只顾追逐，只顾拥抱。

一只海鸥掠过头顶，一名女子双手合十，把它当上帝崇拜。她又惊又喜地望着海鸥，海鸥向她飞来，她双手放下，张开双臂，作出拥抱的姿态。

不知谁向空中抛撒了一些食物。海鸥迅速从四面八方聚拢过来。它们上下翻飞，眼疾嘴快，在半空中把食物收入囊中。那些没有被接住的食物，也不会浪费，还有更多的海鸥立在沙滩上，昂着头，睁着眼，专等漏网之鱼。

沙滩缓缓地，缓缓地向海里延伸。倾斜角度之小，连胆小鬼也信心倍增。人们小心翼翼地往海水里探，好久，好久，海水还没掩过膝盖，很远，很远，海水还没爬上腰。

一个小男孩，在浪花里追着球，球儿随波逐流，不肯回头。球儿跟着前面的浪花，扑向岸边。男孩伸长手，在海水里蹒跚地追。他干瞪眼，傻生气。好不容易捉住了球，连忙紧搂在胸前，生怕它溜之大吉。

不知谁家妻子，身着迷人的比基尼，她的一举一动，让人好生羡慕。起初，她斜着身子，一手叉着凹陷的细腰，用细腻的背，紧贴着丈夫裸露的胸膛，他们一同欣赏着眼前活泼的浪花；接着，她用雪白的手，轻抚丈夫铜墙铁壁般的背；随后，她一手搭着丈夫光滑的肩，与丈夫并肩而立，她与他，四只眼睛，一齐眺望着茫茫的天涯。丈夫并非草木，他的心里，开着一朵永不凋谢的温情之花。

沙滩上的情侣，手牵手，并排走。他们的身影一起移动，他们的脚印一起退后。他们不能比翼齐飞，但能同心前行。

有人使劲掖着一顶黄绿相间的滑翔伞，在海面上徐徐升起，弯弯的形状，颇似水面上的新月。

海水不冷，那些来自北方的人，久久地浸泡在清洁的海水里，仿佛置身温室里。波浪不凶，大人小孩，无忧无虑地，在浪花里蹲，在浪花里起，在浪花里伏。

几只海鸥飞过头顶，像凶猛的战机。一个彪形大汉，抬头仰望，一脸的惊讶，嘴巴“啊”得像桥洞。

沙滩是孩子们的乐园，他们在沙滩里挖战壕，砌围墙，堆宝塔。

一位背包女子，紧抓着儿子的手，使劲地往前拖。儿子犟着头，弯着腰，死活不肯离开。母亲心中有远方的家，孩子心中只有沙滩和浪花，或许他的宝塔还未完工，或许他的小脚还恋着细沙，或许他的屁股还想着浪花。

有舒适的风，有恰到好处的阳光，有清新的空气，一对夫妻睡在沙滩上，是那样的放松，好似荷叶舒展在水面上。

夕阳西下，沙滩上的人影少了，脚印却格外的多，深的、浅的、长的、短的、重叠的、独立的。一个脚印里，有一份记忆；一个脚印里，有一份留恋。

不知谁在沙滩里堆起了一座山头，连着逶迤的山脉。看样子，这件作品存在好久了。人们舍不得破坏它，因为，它像羊，像凤凰，也像……

一个穿蓝色连衣裙的金发少女，弯着腰，正在寻觅水下的贝壳。眼神的专注，不亚于雄鹰在空中寻找地面猎物。我受她启发，也在沙滩上拾到了一个小贝壳，至今保存完好。这心样的贝壳，总让我想起童年的湖畔时光。

一个男子，正想方设法地升起一顶滑翔伞。滑翔伞一波三折地离开了海面，在风的鼓动下，缓缓地升上了天。男子拉住线，抬眼望着天。他要去踏浪了，而我只能踏着沙滩。

落日很低，孩子的身影却很长，很长。三个小女孩，在沙滩上做游戏，那又细又长的黑色身影，在沙滩上不停地移动，好像有人用毛笔在白纸上，接连不断地画出根根修竹。

一个比基尼女子在浪花里嬉戏，就像梅花在雪地里摇曳。海水不到她的膝盖，浪花却爬上了她的细腰，凑近了她的丰胸。浪过了，她拍打着海面，水花四溅，如升起的一片薄烟。又一排浪花袭来，滚滚的，如一排白云漫过山头的一棵树。她摇摆着双臂，如玉树晃细枝。

一位母亲在陪女儿堆沙，夕阳把她们的脸映得通红，暮风把她们的长发吹得飘飘然。她们把沙拢起来，边搭边商量着。明日沙滩上，或许又要多一匹北方的马。

不知谁在沙滩上过了个生日。那可人的蛋糕，还在夕阳里保存完好。蛋糕是用海草、沙子和贝壳制成的。蛋糕中心是黑色的海草，如甜甜的巧克力；海草边围着二十多根沙做的蜡烛；蜡烛外是零星的贝壳。

次日早上，我又去沙滩看海。太阳还未升起，天边雪山般的白云，已被朝霞染红。清新的海风吹过来，一阵阵，一阵阵。

阿根廷　南极篇

布宜诺斯艾利斯的木棉花

一踏上布宜诺斯艾利斯的土地，鲜花点缀的小树，便悄悄送来清香的气息。

夏日风拂过脸庞，送来阵阵清凉。风过时，那巴掌大的梧桐叶，频频向我挥手；那披头散发的棕榈叶，随风摇曳。天边停歇着朵朵白云，恍若蔚蓝的大海上，浮着雪山座座。

布宜诺斯艾利斯人喜欢把墙壁当画纸，在上面随心所欲地画上花草树木。他们也在墙脚摆些绿色植物，不曾想，那真的花草树木反而黯然失色，画上的却生机勃勃。

不过，园林工人还是与画家较上了劲。他们在墙壁上栽上绿色植物，布置各种形状的图案。机场外墙就成了园林工人的画板，你到布宜诺斯艾利斯时，可抬头多看几眼，别只忙着呼吸这里清新的空气，看这里清朗的天。

科隆剧院边的一棵大树，快要倒了。大树根部开裂，断枝摇摇欲坠。人们用几根棍子，从不同的角度支撑着它。在市民的精心呵护下，断树依然枝繁叶茂，绿意无限。断树成了公园的闪光点，让健康的树和绿色的草，顿感渺小。

布宜诺斯艾利斯的木棉树总喜欢作陪衬，当点缀。木棉树有一项重大使命，那就是去陪衬钢花。布宜诺斯艾利斯的钢花的确让人另眼相看。木棉树离它远远的，总怕影响了它的光辉。一间很小的老屋，落寞在街头，前后各立着一棵木棉树，默默地给小屋送去芬芳，盖上绿荫。

车子穿行在“二月三日”公园一带，光影交错，绿树扑面。白墙红顶的可爱小屋，安静地躲在树林里。棵棵木棉树，就像穿着粉红衣裳的佳人，不慌不忙地在面前闪过。树下的跑步男子，用他的身影，同木棉树影，一次次拥抱。林间草地，是那样的干净，胜过新洗的绿色床单。草地明亮，黑色的树影，东一片西一片。草地平坦，一群男孩在上面追着足球，就像追着心上人，不肯轻易放手，不肯轻易歇脚。

最高法院门前的台阶很高，一位气度非凡的金发女子，一步一个身影地迈上去。一位绅士风度的西装男子，缓步踏下台阶，低头弯腰，笑容可掬地与女子贴着脸。他们的相遇，就像冷暖空气交汇，碰撞不出火花，但在彼此的心田里，洒下了几滴纯洁的甘露。

难得见到布宜诺斯艾利斯的贫民区，规模不大。红砖裸露，电线杂乱。有的墙面涂了颜色，有的阳台溢满绿色植物。楼梯架在墙外，蛇一样从底楼扭上顶楼。空手上下，倒能踩出几分浪漫。

成千上万的市民从贫民区边经过，许能产生莫名其妙的自豪感，可又有谁知道贫民的快乐。布宜诺斯艾利斯的贫民，可以大口大口地喝着富氧的空气；可以在街上四处晃荡，无牵无挂，从不用担心强盗和小偷。

布宜诺斯艾利斯现代建筑的玻璃幕墙，像宁静的湖面，干净透明，能把天上的白云吞下，能把对面的楼房搂进怀里，能让路边的绿树走进心里。

布宜诺斯艾利斯的欧式建筑，不高。外墙上常刻着平行的线条，像层层涟漪。门前，以及楼上的窗户旁，偶尔立着高高的罗马柱，像一动不动地守卫着的士兵。

布宜诺斯艾利斯的建筑，规划整齐，稳重而不忧郁，亮丽而不张扬。

沿着佛罗里达街前行，发现两家书店，顽强地开着，底楼满是书，没有被其他东西占领。布宜诺斯艾利斯人把书看得很重要，因为文字是没有重量的良药，它能治愈人们心灵的创伤，能给人们提供黑暗中前行的光。文字可以让时光倒流，倒流到但丁年代，倒流到更早的李白年代。

五月广场边的一堵白墙，让我有些慌张。日光在墙上婆娑，树影在墙上涂抹。墙边走过两个欢笑的女郎，独留我在树下彷徨，我仿佛一步步走进了白色银幕。原来是那圣洁的阳光，高大的梧桐树，雪白的墙，联起手来，让我恍恍惚惚梦一场。

我不敢做那万丈阳光，去亲吻布宜诺斯艾利斯满树的木棉花。我只想做一阵清风，在布宜诺斯艾利斯温馨的街巷里，流浪，流浪；我只想做一片白云，在布宜诺斯艾利斯清洁的天空里，游荡，游荡。

布宜诺斯艾利斯的大道上

“七月九日”大道，每时每刻都在上演着动和静的故事。街道太宽了，树木葱茏，总也无法从这边望到那边。

一位中年男子，枕着手，曲着身子，在凳上睡得正香。身旁一棵大树，让他显得格外渺小。树干呈纺锤形，仿佛下粗上细的花瓶，深深地埋在土壤里。如果在鼓鼓的树身上打个洞，让那男子钻进去，许会被树身吞没，前不见头，后不见脚。

街道上的木棉花红得那样的坦然，远望白色的方尖碑，在满树木棉花的身后，隐隐地露出白色的上半身。待我来到方尖碑底下仰望时，只觉它直插云霄。说它是宝剑，难道要刺穿乌云？说它是火箭，难道要腾空而起？方尖碑是一种标志，凝聚着布宜诺斯艾利斯人不屈的精神。

街道中间竖着很多黑底白字的旗，人们集聚在一起。戴着头盔的警察，整整齐齐地立在一旁。不见群情激昂，唯见人头攒动。不少行人停了下来，伸着脖子看热闹。一位白发男子，推着自行车，从集会的人群旁经过，走走，停停，看看。人群里撑着五颜六色的伞。那些伞，盖过了旗帜的风头，把旗帜的庄严掀翻了。集会的人希望围观的人越多越好，围观的人见集会的人波澜不惊，转身便走。

“七月九日”大道上有很多大树，大树底下好乘凉，有人坐在树根上，有人立在草地里，有的干脆痛痛快快地睡在椅子上。他们有的是大把时间。

一棵大树，垂下无数细枝。细枝如悬着的根根绿丝，如信手掀开的珠帘，如屋檐下接连不断的滴水。一位红衣女子，挺胸抬头地走进这青纱帐里，迎接她的是一片清凉，送走她的是一片艳阳。

“七月九日”大道上的摩托车，出尽了风头。红灯亮时，它们一长排地停在绵延的汽车前，好像在参加重大比赛，只待一声令下，便逍遥地将汽车甩在身后。

布宜诺斯艾利斯的街道，条理清晰，置身其中，让你舒坦，即使迷失了方向，也心甘情愿。倘若你在空中俯视它若隐若现的模样，依然是井然有序，看得出直线、斜线和弧线。更为难能可贵的是，那些建筑的高度，也相差无几，很少有房屋鹤立鸡群，抬高自己，贬低他人。至于那颜色，便是万绿丛中点点白，就像绿色湖面上浮着无数白帆，就像青草地里睡着零星的白雪。

布宜诺斯艾利斯街上的梧桐树，树干粗壮，浓荫蔽日，一踏进树荫里，就像从白天走进了黑夜，从酷热的盛夏走进了凉爽的深秋。树影在墙上摇晃，红墙变得深沉起来，白墙变得开朗起来。

郊外。路边立着一匹安静的马，主人不知去向。蓝天上，白云悠悠地飘。公路上，一位潇洒的男子，心里不安分了，把摩托车当马骑。他跨在摩托车上，站直身子，提起摩托车的前轮。摩托车昂着头，后轮着地，在公路上使劲地滚。

他的心也太野了，莫不是想摘一朵天上的白云，送给布宜诺斯艾利斯的心上人。

是谁养育了博卡的浪漫

博卡是浪漫的海洋，阳光洒满大街小巷。

博卡房屋的颜色让人兴奋，红色、黄色、绿色、蓝色等各种颜色，共同营造了一个进出随意的幼儿园。唯有风很忙，用缀满绿叶的树枝当毛笔，在各种颜色的墙壁上，反反复复地涂上了浓浓的黑色。

房屋的门前，以及阳台上、墙头上，夸张地立着很多雕像，它们微笑地招着手，鞠着躬，总想让行人的脚步别再匆匆。在众多雕像中，有两处让我不能忘怀。

一处是十字路口的墙头上，一对探戈男女紧紧地纠缠在一起。一位白白胖胖的旁观女子，全神贯注地看着，不知何故，她一脸的惊讶，侧着倒在一位正襟危坐的西服男子身上。女子莫不是芳心萌发，羡慕那情意绵绵的探戈女郎。

另一处是围墙后稍微偏僻的地方，房前高高的楼梯顶端，立着一位若有所思的红衣女郎。她俯视着人来人往的街道，她的身影，有几分忧伤，有几分优雅。我希望那不是雕像，但我望了这么久，怎不见她向我招手。

一家店门口，搭了个简易平台，与室内地面齐平。门前凉棚下，放着很多桌椅，人们一边吃喝，一边欣赏平台上的探戈表演。对舞的那位男子，可能是初学者，双脚在平台上小心地探，右臂松松地搂着女的腰。女的穿着绿色短裙，黑色吊带衫，扎着干脆利落的发髻。她时而搂着男的脖子，时而搭着男的肩膀。她的一招一式，无不倾情而出。她那认真的模样，让我好生敬佩，可惜我不能做她的学徒，做她的舞伴。

又有一处探戈表演，依然是在门前的简易平台上。观众座无虚席，不过他们大都是埋头吃喝，只是偶尔抬头看看舞者。这里的男舞者吸引了我不少目光，他穿着一身黑色衣服，留着黑色络腮胡，头发光滑，潇洒地分开。他的舞步用心用力，休息时还握紧拳头，挺直腰，浑身洋溢着男子汉气概，那气概里含着正直和深情。

一处十字路口的门前舞者，却遭到了冷落。门前摆着零落的桌椅，简易平台下放着一顶收钱的帽子。男子上着蓝色长袖衫，外套小夹克，打领带；女子下穿宽松花裤，上着黑色吊带衫，袒胸露背，还不时露出一圈雪白的腰。女子一边跳，一边东张西望，看到门前有人经过，便露出讨人欢喜的笑，偶尔还向路人招着手。她的动作不连贯，虽有变化，但无感情。她的心思在观察路人是否停下了脚步，她的耳朵在聆听帽子里是否进了账。

男子很疲惫，很无奈，他知道要全身心地投入艺术，才能得到回报；而女子总想得到回报，艺术对她来说，并不重要。于是路人匆匆的脚步和空空的帽子，共同给她上了一课。但愿有一天，她的帽子里不时传来叮当的响声，而她却视而不见，听而不闻。

一对探戈舞者在街头寻找路人合影。一位身强力壮的男子，蹲着马步，把女舞者紧紧地搂在怀里，女舞者顺势坐在他的大腿上，投怀又送抱，勾住他的肩，搭着他背。他乐得心花怒放，半天不肯松手。女舞者背部只有两根交叉的带子，男子那身肥硕的黑色上衣，好像要把女子白色的身体吞没。他那份激动和满足，胜过中国古代男子抱着新娘，欢欢喜喜入洞房。人各有趣，有人想拥抱探戈艺术，而他却喜欢拥抱探戈舞者。他迷恋她的身体，而不是她的艺术。

博卡的浪漫，不只是墙上的绘画，不只是雕像的千姿百态，不只是探戈的风情万种，更在于那追求浪漫的对对恋人，是他们养育了浪漫，是他们播撒了浪漫。

一对青年男女牵手漫步街头，男子较高，为了握住女子的手，他欠着身子，弯着腰；女子较矮，为了与男子靠近，她扭着丰臀斜着腰。他们就这样甜蜜地在街上走着，彼此迁就，又相互吸引。

圣马丁广场上的晚霞

圣马丁广场位于布宜诺斯艾利斯的热闹地带，是一个草地碧绿、大树掩映的公园。

马岛烈士纪念碑的上方是一片开阔草地，斜斜地铺开着。恋人在草地里拥抱，小狗在草地里打闹。

公园里的一些树枝，学那多毛的猴子，挂着绿茸茸的长毛。也许是模仿披着绿纱的女子，有意制造几分朦胧，让我挂念，让我回味。

公园里有很多粗大的木棉树，绿叶丛中，绽放着星星点点的红。那红如火，能点燃树下少年的激情，让他们用生命的河水，去浇灌爱情和自由之花。

公园里有棵大树，周边用栅栏围了起来，浓密粗大的树枝向四周扩散开来。我走在树下，呼吸着它送来的清新空气，也就与它进行了一次心灵沟通。大树见证了布宜诺斯艾利斯的黄金岁月，也许百年后，它还会屹立不倒。不过，你也别羡慕它，它毕竟不能动啊。它不能去吉林看雾凇，不能去瘦西湖泛舟。它不懂爱，更不会写诗。

空地里，一位父亲与两个孩子在踢足球，球在孩子间争来抢去，仿佛那足球里裹着香喷喷的面包，装着无限的荣耀。

草地如软绵绵的绿毯，树林如包罗万象的帐篷。公园里的恋人太多了，椅子上，草地里，到处都是，他们呼吸着爱的气息。这气息悄悄地感染了林间那些冷血的人。放眼望去，有人立在树下接吻，有人搂在一起，窃窃私语，仿佛怕情话漏到了别人的耳朵里。

公园里有处雕像，雕像旁的灌木丛下，软绵绵的草地上，躺着一对男女。男子头枕背包，女子头枕男的胸部，一脸的笑容，像春风吹开的花朵。她能感觉到男子爱意绵绵的呼吸，她能听到男子怦怦的心跳，她就这样地成了他的心上人。

有对恋人，与众不同，他们面对面，拉着彼此的双手，保持着较大的距离。他们脚下落满了木棉花，难道从此要各奔天涯。

两个男子，无事生非，像模像样地练着格斗，挥舞着有力的双臂，想给对方狠狠的一击，除了目光相撞，他们的肢体从未接触。他俩的拳头，就像地球和月球，永远碰不到一起。公园里的紧张气氛，给他们声东击西、捶而不打的拳头，搅得无影无踪。

一个男子，在草地里翻着跟斗。他一个接一个地翻，这倒也算不上什么。困难的是，他头朝下，双臂在草地上伸得笔直，双腿上扬，与双臂呼应，在空中迟迟不肯放下。你说，你这一个倒立，要倒出多少烦恼；你这一个跟斗，要甩掉多少包袱。

灯亮起来了，晚霞布满天边，像无边无际的红绸，打着光滑的褶皱。金黄的晚霞四处蔓延，我不知道是西沉的太阳魅力无穷，还是布宜诺斯艾利斯的空气里藏着金光闪闪的东西。

我立在路边，被这铺天盖地的晚霞征服得一动不动。圣马丁广场上的朵朵木棉花，野心勃勃，誓要在这将暗未暗的傍晚，将晚霞染得更红！

谜样的阿根廷探戈

看到阿根廷探戈，就想起我在京沪高铁上，听到的一段母女对话：

宝贝：窗外的草长得好深啊！

妈妈：那是地里高高的麦苗。

宝贝：那边有很多棉花啊！

妈妈：那是天上的朵朵白云。

宝贝：房子上有火箭啊！

妈妈：那是北京尖尖的屋顶。

夜，已经黑下来了。布宜诺斯艾利斯的灯光，让白天的房屋换了容颜。路边一座玲珑的楼房，笼罩在温馨的黄色灯光里，而它白天的真容，只能让我去想象，就像夜里的新娘，罩上了金色的面纱。

公园里的草地，映着白色的灯光，愈发朦胧。一位青年男子，有使不完的劲，抱着恋人，把她挺在胸前，双手托举着，就这样把她捧上了天。公园里运动的人很多，前后左右地晃动着身体。几个男子在奔跑，在追逐，也许是那旋转不停的足球，让他们如痴如醉。公园里的一切，幻成了神秘的谜，可惜车子跑得太快，让我想猜，也来不及。

探戈剧场里，楼上楼下，座无虚席。我姑且记下一些零星场景，来留住对探戈的无穷回味。

场景一。一位络腮胡须男舞者出现了，着西服，打领带。女舞者穿着亮闪闪的衣服，下面开叉，上面露得较多。他表情严肃，头却灵活。他的右臂很有力，搂着她离地旋转起来，就像轻巧地转动着雨伞。又一次，他把她侧身搂在怀里，自上而下抚摸着她的秀腿。她回报他，把他坚毅的脸，融进她温情的目光里，进而脸贴在了一起。她在他的怀里，就像荷花开在荷叶里。她善解人意，真心投入，紧随他的步伐。

场景二。一位袒胸的男舞者出现了，他穿着西服，白色的胸前露出黑色的胸毛。女舞者穿着红色开叉裙，披着满头金发。他的力气非凡，双臂抱着她向上抛，抛里含着旋。她在空中翻滚着，转个不停。他有点放浪，忙里偷闲，抽空在她的翘臀上摸一下，在她不设防的胸沟里推过去，在她设防的下身捞一把。

场景三。一位风流倜傥的男舞者出现了，黑西服，白衬衫，打领结，中等身材，二分头，头发光滑锃亮。他面部轮廓清晰，自信里含着几分机警，机警里隐着些许愤怒，愤怒里藏着淡淡的忧愁。男舞者是轴心，动作虽不及女舞者频繁，但他始终是舞台的焦点，浑身散发着灵丹妙药般的精气神。他的一举一动，不论是快，是慢，总牵扯着观众的心。忽然，他把她当作双节棍甩，电光闪闪般甩到了身后，背对背贴在一起。这中间有多少个动作，难以数清，像杂技，又像魔术，弄得我眼花缭乱，至今不明不白。哦，这之前，他主动吻了她一下，把满腹的深情倒进了她的嘴里。

场景四。一位老年男舞者出现了，矮胖，灰西服，白毡帽。他的动作有几分滑稽，几分不屑。他先是两手插在裤袋里，在女舞者身边绕着，瞅着。然后，不紧不慢地抽出右手，搂着她的腰，左手仍赖在口袋里，不肯露面。他的左手一出来，便握着她的手，有节奏地前推后拉，仿佛在锯木头。他很快就嫌这动作单调了，便握住她的一只手上下挥动，右手却迅速取下碍事的帽子，把那酝酿已久的激情，倾注到了她的双唇上。

在我眼里，探戈是孩子所说的野草、棉花、火箭；在探戈人眼里，探戈是妈妈所说的麦苗、白云、屋顶。

看阿根廷探戈，就像看雪花在空中飘荡，看蜻蜓在空气里浮游。看着，看着，突然落幕了。

流连老虎洲的泥土气息

蔚蓝的天空里飘荡着洁白的云，大地上河网交错，河边树木葱茏，树下草地碧绿。河水此起彼伏，在明媚的阳光下闪着银光。树林里若隐若现一栋栋小屋，岸边林立着一处处木码头。老虎洲算是真正的水乡了，那些大小的河流便是它的大街小巷。

河边立着一些柱子，闲下来的小船被绳子拴在柱子上，摇摇晃晃。船儿是摇篮，波浪就是母亲的手，推着它来来回回；船儿是秋千，波浪就是父亲的手，推着它忽上忽下。一些空船，受到主人的宠爱，高高在上地搁在水边的架子上。草地里的空船，静静地卧着。

河边的简易长板，斜斜地，一头连着绿油油的草地，一头没入不知深浅的河底。阳光下，长板显得那样的温馨。若在上面铺上一张软绵绵的垫子，头朝上，脚在水里泡着，那该是一种怎样的感觉？阳光为你的身体加热，而风儿适时吹过你的毛孔，让汗水随风而去。你的那双脚啊，将享受人间最高的待遇。流水轻抚它，浪花狂吻它；河鱼也会张开小嘴，拱它，按摩它，瘙痒它。

蛛网般的大河小叉，将老虎洲分割成一块块小岛。大河上难觅桥的影子，汽车也就走投无路，无法用它的快来征服这里的慢。小叉上多卧着些小桥。小桥上面，绿树婆娑，下面河水唱着歌。

河水总想突破岸的防线，对岸软硬兼施。人们在岸边堆起了大石块，浪花无可奈何地掉转头，或悄悄地消失在石峰里。

有的岸边用木板护着，红红的木板围着青青的草地，白色的浪花翻过木板，爬上和缓的青草地，浪花热烈地拥抱着草地，激情过后，心满意足地退却而下。一些木板缝里长着青草，在风里摇曳，在浪里沉浮。

有的岸边，看不到石头和木头的保护，唯有蓬蓬勃勃的水草和茂密的树林连为一体，这时的岸也就模糊了。

河里也有稀稀疏疏的水草，我不知是可怜它，还是羡慕它。风儿抚摸着它的头，浪花搂抱着它的腰，于是它活泼起来了，频频地低头，频频地弯腰。

洲上的树木，任性地生长，弥漫着一股野趣。有的树从根部分家，发散开来，形如手指；有的树侧着身子倾向河面；有的树临水而立，根部被河水冲刷得历历在目；有的大树，倒在地上生长，树心空空的，身上的细枝却吐出了浓密的绿叶；更多的树，还是笔直地生长在这片肥沃的土地里。

林中的小屋让人浮想。小屋躲在树下，就像幼儿藏在父母身旁。很多小屋下面是悬空的，被柱子支起着，以防涨潮的河水涌入室内。那些隐蔽的小屋，多有楼梯连着地面和上面的阳台。船行河上，岸边玲珑的小屋，沐浴在艳阳下，隐约在红花绿叶间，徐徐地向身后退去。有幸隐居在里面的人，可以听晨鸟在林中争鸣，看暮雨在门前徘徊，任风儿轻轻地推门，任花香趁虚而入。令我遗憾的是，遇上这样好的天气，却不能在岛上寄宿一晚，看夕阳催促倦鸟归林，看红日唤醒屋顶的炊烟。

船儿悠然行进中，一处码头的露天木平台，吸引了众人的目光。泛黑的木平台下，流淌着泛黄的河水，蔚蓝的天空像无边无际的幕帐，笼罩在平台上。平台一侧，绿得发亮的树叶，在微风中轻舞。平台上，俯卧着一位日光浴女子，她那丰满而凹凸的身体，散发着迷人的白光。她将左腿高高翘起，挥着手向我们打招呼。平台让她的玉体高高在上，圣洁起来，不像在沙滩上，也不像在草地里。细看她，满头金发向后扎起，腰间系着一根黑带，其余的部分，全都交给了阳光，交给了身下的垫子，交给了中国人害羞而又有激动的目光。而我，也只是把她当作冬日里的暖阳，夜空里的皓月，绿叶上的露珠，枝头上的梨花。

又有一处露天平台，支着一把白色遮阳伞。伞下，一位白发男子，向我们挥着手，仿佛在送别多年的老友。一旁的女子，双臂交叉在胸前，默默无语。

一处平台的木梯上，坐在一位男子，光着上身，双脚浸在水里。木梯的上端坐着一条肥胖的白狗。男子侧身望着我们，白狗低头看着男子。

一男子坐在两头尖尖的皮划艇里，左一下，右一下地拨弄着河水。他何尝不懂得，人生的航船，如果只向一个方向使劲，那将失去平衡，难以前行。

河边有处白色沙滩，一群人在泛黄的河水里嬉戏。她们的笑容像花一样飘落到我眼前。沙滩里，一条黑狗对着树林，抬头怅望，影子被它踩在脚下。河水虽黄，但来自土壤，而土壤是那么的值得信赖。这里的人们，信任土壤，信任空气，信任水，就像子女信任父母的爱，这是他们莫大的幸福。泛黄的河水，没有受到玷污，如衣着破旧的书生，满腹诗书，品行端正。

一阵河风吹来，散发着沁人心脾的泥土气息。这气息里，混合着花香，混合着青草的味道，混合着果实的暗香，混合着绿叶的清新，混合着河水的滋润，混合着微风的清凉。

忽见一处小河汇入，两边尽是高大茂密的树，难见天日，小河便在绿色的树林里流过。一条白色的游艇从树丛里钻了出来，游艇边激起白色的浪花。三个黑衣男子，立在游艇里，一脸的得意洋洋。

想必这条绿树环抱的小河，给了他们无限的惊喜，也许是垂柳轻抚了他们的额头，也许是浓荫给了他们清凉，也许是与世隔绝的时空给了他们神秘。

彼得曼岛上的南极企鹅

彼得曼岛附近海面上，浮冰飘飘荡荡，如天空中的白云朵朵。

前方波涛里，隐隐约约地露出鲸鱼黑色的背脊，起起伏伏，颇似黑色礁石。近看，这条鲸鱼大得像光滑的小岛，旁边还跟着一条，形影不离。它们在海水里埋头前行，那黑色的背鳍，斜斜的，像月光下匍匐着一只黑猫。

不知何时，天空中布满了铅云，海水受到感染，与铅云步调一致。

岸边的岩石光滑得很，它们历经长年累月的浪打风吹，历经千万年的日晒雨淋。

有处岩岸，簸箕般敞开，白色的浪花，一次次往上爬，试图去舔那高处的积雪。岩石上，一群神态各异的企鹅，正翘首远望，似在迎接远方的客人，又似在盼望久别的亲人。近了，一只企鹅在努力地牵着另一只的手，另一只却用洁白的腹部紧紧地抱着前面一只的黑背。

岩石顶上很快集聚了七只企鹅。它们交头接耳、眉来眼去地商量着下一步行动。然后，排成一排，张开翅膀，挪动双脚，面朝大海，挺胸抬头，一路下坡，来到浪花翻滚的海边。它们望着来了又去、去了又来的波涛，想着那可口的小鱼和磷虾，脚开始发痒了，翅膀蠢蠢欲动了。要知道，企鹅的翅膀，在陆地上简直是摆设，展翅却不能飞翔，但到了海水里，那双翅膀却胜过有力的双桨，让企鹅在水里神出鬼没，快速穿梭。

一只壮企鹅，带头走在前面，俯视着澎湃的波浪，弯腰埋头，翘起尾巴，张开双翼，想纵身一跃。其他六只企鹅却掉转身，悄悄地往回溜。壮企鹅生气了，气得脖子隆了起来，尖尖的头紧紧地盯着前方，像锋利的矛仇视着坚硬的盾，不知它是怪面前的波涛迟迟不肯平息，还是怪身后的同伴胆小如鼠。

壮企鹅只好扭转身，耐心地向同伴解释，同伴将信将疑。可有一只胆小鬼，硬是不听劝说，远远地走开了，后面的两只，向它投去了跟随的目光，意欲尾随而去。壮企鹅气得肚子都鼓起来了，伸着脖子，翘着长长的、尖尖的嘴巴，怒视着后面那两只也想临阵逃脱的企鹅。在壮企鹅的好说歹说下，五只企鹅少了畏惧，多了自信。于是，壮企鹅跳着舞，欢快地奔向海边，其他五只企鹅也跟了下去。而先前远远走开的那只胆小鬼，侧着头好像听到了什么，突然迈开脚步，向后张开翅膀，急急忙忙地走向海水。也许它怕一个人在陆地上，孤独又寂寞。

壮企鹅学着跳水员，飞一般扑向了海水。后面的故事，只有海水知道。

忽见一座高高的浮冰，在这昏暗的海天之间浮现，让我眼前一亮。浮冰白里泛着蓝，下面的洞隙里发着蓝光。两只肥胖的海豹，侧身躺在浮冰上，睡得很香。浮冰成了它们的水晶床，成了它们消夏的凉席。

又一座浮冰，像水里立着一座白色的高坝。后面驶过一艘大帆船，有时只见桅杆，有时可见卷起的帆，有时可见人头攒动。

登上彼得曼岛，但见一群小企鹅在岩石丛中入睡。有的睡在石块上，脖子呈弧形地向下歪着；有的将肥硕的身子，紧贴在微凹的斜坡里，舒舒服服地做着梦；有的活像一只乌龟趴在岩石上；有的半梦半醒，像在稀里糊涂地听着大海的涛声；有的一动不动地立在岩石上，垂着头，打着盹。它们的父母在一旁守着，随时准备驱赶那胆敢来犯的贼鸥，这只贼鸥在它们身后的岩石上，窥视已久。

雪地里匍匐着一只企鹅，边上立着三只企鹅，一只胖、一只瘦、一只小。胖企鹅张嘴朝匍匐的企鹅喊话，它很快爬了起来，脚步向前，翅膀向后地走起来；瘦企鹅落寞地扭转身，独自行动，胖企鹅张大嘴巴喊住了它；一旁的小企鹅，吓得乖乖地立着，站在原地不动，只等吩咐。

两只稚气未脱的白眉企鹅，缩着脖子，双翅下垂，并排立在一只帽带企鹅旁，像在提心吊胆地等待着它的指示。当这两只白眉企鹅转过身，在厚厚的积雪里深一脚浅一脚地前行时，我发现，它们的脖子下套着毛茸茸的披肩，屁股上围着毛茸茸的裙摆，俨然两个胆小的富家小姐。

还有哪种动物的神态更像人，除了企鹅。企鹅直立行走的姿势，顿时拉近了它与人的距离。它的双翅怎么看也像人的双臂，关键是它的神态，总像是一个纯朴的良民。

当企鹅的影子把雪地映黑时，太阳的光芒正把乌云洗白，我却不得不离开彼得曼岛，离开这岛上天真无邪的企鹅们。回首岸边，阳光在清澈的水波上，蹦蹦跳跳；海水在光滑的岩石上，上下抚摸。

徜徉在南极的童话水道

从彼得曼岛前往尼科港，途经利马尔水道等地，一路上，我走出了尘世，走进了童话。

童话水道，你是那样的静，静得我好像走进了原始森林。不对，森林里有鸟鸣声。童话水道，你是我的知己，你没有用鲸鱼喷水的声音来欢呼我，你知道，欢呼声会让我的思想像气球一样膨胀。

冰是水道收养的游子，大的叫冰山，星星点点的叫冰花。还有些不大不小的冰块，它们小巧玲珑，千奇百怪，像乌龟，像沙发，像熨斗，甚至像人。

冰山是水道里的庞然大物，游轮见它也要礼让三分。

前面一座蓝色冰山，高高的，气势凌人，状若猛虎的头。

依稀的远方，很多蓝色的冰山散落在水里，像座座冰岛。这些冰岛间，壁立着一座高大的冰山，如一宏伟的山坡。一条红色帆船路过，身影显得那样瘦小，就像野兔出没在牛群里。

岸边一座冰山，斜斜的，上面好像盛得下千军万马。一座冰山，坦克般威武地挺在岸边，周身光滑，仿佛人工打磨过。一座蓝色冰山，恍若一艘游轮泊在岸边，水上的部分有几层楼高。

一些冰山，像方方正正的巨大蛋糕；一些冰山，像精心构筑的白色城堡；更多的冰山，像凹凸有致的高山。

这些深藏浅露的冰山啊，你们用冰冻三尺非一日之寒的冷语，浇灭我求多求快的火热之情。

无数白色的冰花浮在平静的海面上，就像平坦的草地上盛开着白花朵朵。我爱它们成群结队，一大片一大片。在蔚蓝的天和深蓝的海之间，冰花白得并不耀眼。也有很多冰花一字排开，像一排排浅浅的浪花。冰花虽微不足道，但意义不小，它们等于夜空里的明星，等于佳人头上的秀发。

至于那些不大不小的冰块，也时常出现，动人得很。看，眼皮底下趴着一只冰龟，伸头望着我，似在提醒我，别做怕冷的缩头乌龟。那边还有把冰沙发呢！看着很柔软。前些日子，笨重的海豹，或许爬到上面坐过。要不，中间怎么凹了进去。有个冰熨斗，边上漾开了波纹，定是无所事事的海豹，在下面捣蛋，我曾多次看到海豹在浮冰边出没，探头探脑，鬼鬼祟祟。不远处，水面躺着一个胖乎乎的冰小孩呢，他肉嘟嘟的双脚朝天，没有一点难过的样子，定是睡着了。

水道与雪山交界处，矗立着很多高大的冰墙，墙面参差不齐。在冰墙边经过，你会知道，眼前的冰墙，扑通一声，就投身了汪洋。

悠然前行中，水道变得狭窄起来，放眼望去，一前一后两处山坡交叉在一起，交叉处似无路可走。游轮拨开冰花，驶向那山叠嶂、水穷尽处，顿时豁然开朗，别有洞天。原来，我们的目光只能直行，我们的思想却可以转弯。很多看似无法前往的地方，换了一个方向，就能抵达。

水道边，也有黑色的山坡，这些山坡多陡峭，白雪难以在上面久留。而那些和缓的山坡上，白雪如厚毯盖着；那些下凹的山洼里，白雪如软和的棉絮垫着。

两座黑色山峰，如一对穿着黑色长袍的老夫妻，背对水道，头上戴着尖尖的白帽，仰望着蓝天白云。中间一座小山峰，就像他们的孩子，穿着白衣，戴着圆圆的白帽，扭着头俯视水道。

继续前行，岸边两座山峰，像两座金字塔，静静地立着。

太阳斜斜地照过来，蔚蓝的海面上波光粼粼，铺开了一条温暖而闪光的大道。

蓝色水面上浮着块白冰，像张大床。两只海豹趴在浮冰凹处，一只黑色，一只银白，它们先是彼此对望，接着不约而同地抬起头，望着对面浮冰上的另一只海豹。另一只海豹隆着黑背，转眼滑入水里。浮冰上的两只海豹扭过头来商量了一下。银白海豹便转身往下爬，一咕噜溜下去。黑海豹逗留了片刻，迅即玩滑梯似地钻到水里，尾随而去，冰面上留下一片深浅不一的磷虾红。

忽见一队企鹅，鱼儿般跃出水面，此起彼伏。有的企鹅，伸出头，张开嘴；有的企鹅，与水面若即若离，似贴着水面飞；有的企鹅，翘着尾巴，并着脚，一头扎进水里。跃出水面的企鹅，掀起了晶莹的水花。它们出入的水面，稍后便平静了下来，化作涟漪串串。

不知何时，白云笼罩了山顶，填满了山窝。这些白云，如轻烟，如细沙，比雪山白得飘逸，白得醉人。我想拉一朵白云来当棉被，在梦里飘飘欲仙；我想请一朵白云来，轻轻托起我，去追逐西天的红日。

水道边的斜坡上，覆盖着厚厚的雪，是那样的洁白。当漫不经心的白云在坡上路过时，当纷飞的海鸟在坡前掠过时，雪白的斜坡顿时阴冷下来。

童话水道啊，我本想见识一下冰山，你却把雪山的故事讲得更动听。我本想多看几眼浮冰，你却安排浮冰上滑落的海豹，把我的目光拉下了水。我曾想南极的海面，无风三尺浪，你却平静得让我的心里没有丝毫动荡。我曾想你的世界，定是冷若冰霜，你却让满天的骄阳，热烈地同我拥抱。

童话水道啊，再多情的才子见了你，也会说，爱佳人，更爱你。

在尼科港登上南极大陆

到达安沃尔湾，也就到了避风港，也就进了安乐窝。风儿消失得无影无踪，水面平静如镜。天空蔚蓝，没有一丝尘埃。

雪山顶上浮着两片白云，长长的。一座冰山立在山旁的水里，分明是一座白色的水上城堡。海水是明镜，照出天空的蔚蓝，照出雪山的粉白；而那些白色的、蓝色的、蓝白渗透的浮冰，就像落在镜面上的朵朵鲜花。浮冰沉睡在海水里，没有风去摇晃它，但见海豹在上面溜，在上面滑，在上面爬，在上面享受日光浴。海豹把浮冰当轻舟，当摇篮，而我把浮冰当作飘忽的梦。

打破海面沉寂的是企鹅，它们会悄悄地掀起阵阵涟漪。当它们在水下乱了方阵时，水面的涟漪便环环相扣，你中有我，我中有你。

在海面上兴风作浪的是海豹，它们在水下横冲直闯，在水面霸道地前行，目空一切地昂起头。

雪山也有裸露在外的岩石，黑白分明。黑色的山崖，倒映在蓝白的海水里，交相辉映，显得迷离又朦胧，如同挥毫泼墨后的宣纸。不过，我更喜欢那羽毛般的白云和柔和的雪山，同时映入蔚蓝而平静的海水里。望着这一幕幕，只觉世间的污垢都被它澄清。

快登陆了，忽闻岸边轰隆一声，冰川前沿扑入水中。定睛细看，但见冰川从山坡上蔓延到海边，冰川的表面布满了破碎的冰块，冰川的前沿参差不齐，临水的地方，还露出一些拱形的洞。冰川的前沿分裂得很严重，就像一个个衣冠不整的冰人，准备随时冲入清澈的海水里，痛痛快快地洗一个久违的凉水澡。

在尼科港登陆，岸边的乱石丛中，立着很多白眉企鹅。太阳把岩石和企鹅的影子平等地投到地面上，不同的是，企鹅可以拖着自己的影子前行。

涓涓细流汇成了小溪，一只企鹅来到溪边。溪水不深，企鹅埋头看着，看到了自己可爱的影子。接着，它抬起头，翘起翅膀，涉水而过。

来到一处积雪覆盖的山坡下，但见三三两两的企鹅，上上下下地穿梭，它们在山坡上开辟了一条企鹅公路。企鹅公路是雪地里一条浅沟，有点弯，有点分岔，有点陡，呈深深浅浅的红色。企鹅走在浅沟里，有时可见漆黑的背部，像老人吃力地爬山；有时迎面看到雪白的腹部，像白衣天使埋着头，认真地工作；有时只露出头，好像在跟其他企鹅捉迷藏。它们有序通过，不曾见推推搡搡，强行插队。企鹅公路的上端是一处裸露的山坡，集聚了很多企鹅。一些企鹅趴在雪地里熟睡，在这漫漫长日里，闭上眼，便沉浸在一人的世界里。

来到山坡高处，但见山脊上光亮一片，山洼里的万年冰川如凝固的波涛。我从尼科港踏上了真正的南极大陆，这里没有寒风，只有暖阳。这一方温暖的港湾，永远属于企鹅，属于海豹，以及其他的原住民。这里留下了我的脚印，但愿一场大雪后，立即将它覆盖。

尼科港的岸边，水清见底，大大小小的鹅卵石历历在目，白色的浮冰浸在透明的水里。

一块大浮冰上，躺着个大海豹。浮冰旁，一只海豹伸出头来向大海豹张望，大海豹便懒洋洋地微微抬起头。水下的海豹掉头离开，大海豹便将头高高抬起，然后继续侧身睡去。浮冰凸起的部分，像白色的蒙古包，高高隆起，太阳从蒙古包的后面照射过来，大海豹圆鼓鼓的身体，一边亮，一边暗。

水里的海豹，不停地在浮冰下捣乱，弄得浮冰上的大海豹不得安宁，只好抬起来东张西望。贪吃的腮边还留下了红红的印记，浮冰上的大海豹思索了片刻，扭动着几百公斤的身躯，从浮冰的边缘向海水里滑去，然后一头插向水中，它那肥硕的身躯，一半在水里，一半在浮冰上。我看着它，就像小孩望着老爸，就像麻雀看见乌鸦。

另有一块浮冰上，趴着四头海豹。两头一动不动，一头伸着懒腰，一头伸着颈，痴痴地望着山边照过来的太阳。

半月岛上的温暖天地

来到月亮湾，蔚蓝的天空开始阴云密布了。登上半月岛，仿佛登上了千年的废墟，裸露的岩石，沧桑中饱含着荒凉。海滩上，布满了成片鹅卵石，风很大，站立的企鹅大都缩着脖子。

一只帽带企鹅出现了，浑身清洁得很，好像刚洗过澡，换过新衣。近看帽带企鹅，白色脖子下，绕着一条黑色条纹。这一绕，绕出了一位公职人员的形象。它沉默不语，若有所思，走起路来，脚踏实地。一阵强风吹来，它闭上了双眼，缩紧了脖子，垂下了双翅。它立在原地一动不动，不想转过身来，顺风而行。它有些痛苦和无奈，无力顶风前行，却又舍不得放弃原来的方向。它那垂头丧气的样子，叫我顿生怜悯之心。

帽带企鹅啊，别总想凭着那根黑色的帽带，光宗耀祖。我知道，你很伤心，原本神圣的黑色帽带，不知何时起，却成了你的紧箍咒。帽带企鹅啊，总有一天，你会想通，那根黑色的帽带，其实是你可爱的安全带。同样是带子，有人想到了束缚，有人想到了安全。同样是满地落花，有人想到了好景不长，有人想到了嫩果新生。

来到小岛高处，几块高耸的岩石下，散落着灰黑的碎岩。上面的岩石丛中，立着很多帽带企鹅，其中一只小企鹅的讨食过程让我久久回味。

风呼呼地刮着，一只成年企鹅，不知是公还是母，我姑且认为是母企鹅吧，立在一块尖尖的岩石上，低头看着下面一只小企鹅。这只小企鹅，翅膀上，背上，还留着少许绒毛。一只贼鸥飞来，它们急忙走到企鹅群里。

接着，母企鹅在岩石丛中，一蹦一跳地走着，小企鹅在后面亦步亦趋地跟着。待距离拉得比较远时，母企鹅便停下脚步，扭过头来，张开大嘴，若即若离地引诱着小企鹅的馋嘴。小企鹅追上了母企鹅，拦住了去路，用小嘴不停地啄着母企鹅的大嘴，并发出了沙哑的、乞求的声音，母企鹅于是用大嘴套住了小嘴，把食物喂给了小企鹅。用好餐后，母子情不自禁地摆摆头。一只天敌从天而降，小企鹅失魂落魄地跑到队伍里，母企鹅怒吼着驱赶来犯之敌。

几排企鹅，整齐地立在较光滑的岩石上，洁白的腹部齐刷刷地对着我，就像一群穿着白衣服的学生在安静地站队列。

岛上点缀着几处苔藓，柔和而亮绿。在这动物和狂风统治的荒岛上，总算给绿色植物也留了一席之地。

阿根廷的卡马拉研究站坐落在岛上，红色的外墙，格外显眼。走进室内，一股天涯遇亲人般的暖流，弥漫身边。

纷飞的南极精灵

行进在南极海域，忽见一座长长的雪山，扎根于蔚蓝的大海里，沐浴在透明的艳阳下，傲立在寂寞的天空中。

雪山驼着白云，白云趴在雪山上，雪山柔和起来了。蔚蓝的天空与深蓝的大海，将雪山呵护起来。狂风劲吹，高处的白云流水般奔跑，雪地里的云影紧追不舍。

阳光洒在波浪上，疑是星星在水里跳跃，又如水面浮着白花朵朵。

我沉浸在雪山的纯洁和伟岸之中，一群伴船而飞的岬海燕，转移了我的视线，它们是南极精灵，在我心头萦绕。

我赶紧来到驾驶舱边的甲板上，这里是观察岬海燕的好地方。只是狂风呼啸，把人吹成了墙头草。一位老人的帽子给狂风脱了下来，迅即扔到了波涛里。没有了帽子的保护，老人心不甘情不愿地离开了甲板。我的那顶廉价而温暖的帽子，紧紧地抱着我的头，不离不弃。狂风把一位身材高大的汉子，推来搡去，叫他弯腰，让他低头。迎风时，风让他闭眼；背风时，风把他当排球，狠狠地推了又推。他只得踉踉跄跄地逃回了船舱。甲板上，只剩下我一人了。我背靠着驾驶舱的墙，手紧紧地扶住栏杆。狂风试图让我趴下，我目中只有翻飞的岬海燕，竟把那肆虐的风，忘得一干二净。

南极精灵啊，你们为何对我们的游轮恋恋不舍，一路相随？

我看好你们黑白的毛，尤其是那雪白而丰满的腹部。

当你们用白腹对着我时，我会想到满树的梨花，成群结队地告别枝头；也会想到漫天的雪花，飘飘洒洒地在空中遨游。

当你们背对着我时，那就要看角度了，忽而成了一排排黑压压的屋顶，忽而成了少女们翩翩起舞的花裙。花裙是那样的可人，黑白的移动，会移走旁观者的心。

我迷恋你们优雅的身姿。你们侧着身子，一会儿信心满满地向左翱翔，一会儿不紧不慢地向右转身。一会儿离我远去，成了空中的黑点和白点，成了模糊的、淡淡的一小片，一小片。一会儿奔我而来，张开巨大的双臂，好像要抱我而去。一会儿昂首向上，妄想去追逐太阳。一会儿俯身向下，渴望去踏几下浪。你们展开双翅，成群地翩翩飞，像七仙女飘飘荡荡下凡来。

我钦佩你们的见风使舵，顺应自然。风能推舟，亦能覆舟。何必总想人定胜天，赌着气地，逞着能地，与上天对着干。听说你们熟悉气流，就像船夫熟悉水流一样。你们视风为朋友，为帮手。你们乘着风，就像古人骑着马，就像今人坐着车，就像轻舟飘荡在湖面，就像风筝逍遥在蓝天。风向是会改变的，于是你们跟着盘旋，跟着起伏。你们不怨天，不怪风，不怪浪，不怪漫天的骄阳。你们羡慕信天翁张开翅膀，躺在长风里睡觉，却不羡慕我呆在长途飞机里，做那忽明忽暗的白日梦。

我诧异你们的队形。你们是天空中的一群银鹰，供人欣赏，一行行，一列列，有条不紊地划过天空。你们的行踪牵住了我的视线，让我抬头，扭头。你们是一队芭蕾舞演员，我本想找出一位，细细品味，无奈你们已经融为一体，就像一片竹林，就像一池荷花。

南极精灵啊，在南极的漫漫长夜里，你们是否渴望那天上的太阳，早点来温暖大地，照亮海水。没有太阳的日子，星星点亮了夜空，又有谁来点亮你们的心。南极精灵啊，痛苦的时候，愿阳光蒸发掉你们的忧愁；委屈的时候，愿风揩干你们的泪。

南极精灵啊，别羡慕农家的鸡鸭鹅，它们吃的是嗟来之食，肥了身体，弱了翅膀。它们的世界是农人的一亩三分田，而你的世界是无边无际的大海，是冰清玉洁的南极大陆，是人类日思夜想的自由翱翔。你也别羡慕那笼中的鸟，那动物园里的凤凰，它们有了舒适的家，被人们宠爱，被人们赞赏。而你以大海为床，波涛为你荡秋千，风为你奏乐，磷虾和小鱼为你献身。你也别怕那鲸鱼，你可曾见鲸鱼爬上了陆地，冲上了天。庞然大物只是体积吓人，它们一天到晚忙于填饱肚子。你们该知道恐龙的故事吧？如今地球上只剩下它们的骨骼。

你们也许对贼鸥不屑一顾，它们尽做些伤天害理的事，终日盘旋在空中，专找那些可爱的小企鹅下手，它们既是强盗，又是小偷。

你们在空中结伴而行，伴随左右的，不知是父母妻儿，还是亲戚朋友。如果你刚好情窦初开，可否有心仪的另一半，让你在后面使劲地追，让你在前面潇洒地飞。有朝一日，你俩如能比翼齐飞，能否学学，我们游轮上的一对老夫妻，她用笑容拴住了他的心，他用挚爱染白了她的青丝。

南极精灵啊，我企图把你们的肢体语言，翻译得通俗易懂，生动形象。无奈你我只是匆匆过客，无法朝夕相处，叫我如何做得到？

南极精灵啊，如果没有你们的身影，南极的天空该是多么的空虚！

中国篇

丽江的高山流水

大水车慢悠悠地转动着，串串水珠吊在车轮上，像纺车织出的根根白线，更像我对古城绵绵不断的思念。

我追随着一条清流，在酒吧一条街上漫游。天空中没有一缕阳光，小河里却有万千条青草在飘摇。河边的柳树朦胧又婆娑，一位红衣女子，在柳树下轻拢着额前的秀发。那柳丝和发丝，牵住了谁的情丝。一些断了的水草，浮在水面上，随波逐流而去。河底的水草，频频地挥着手，默默地向它们送行。竹子也来河边凑热闹，虽不成林，但绿得亮眼。在严冬的时候，这些翠竹，要给人们带来多少绿色希望。

河上架着一座座发黑的小木桥，一头连着小巷，一头连着临水的酒吧。木桥很短，两三步就可跨过；木桥很窄，只够两人比肩同行。站在木桥上，河水在脚下淙淙流淌，浮云在天上缓缓飘过。白天的木桥，倾听着街头的笑语；晚上的木桥，承载着酒吧里的欢歌。远望上游座座木桥，隐隐约约，仿佛缓缓升起的层层台阶。这些简单而又古朴的木桥，就是一个个摆渡人，把人们的灵魂，从紧张的此岸，摆渡到轻松的彼岸。

桥上走过一位翩翩少年，颇似电影里的演员。一位多情女子跟上来，找着莫须有的借口，让少年停步在桥头。

来到狮子山，登上万古楼，古城的屋顶，起起伏伏。穿行在那些低矮的老屋间，人会变得高大起来。没有高楼挡住日月星辰，人离天更近了，仿佛可以去摘星星，可以去抱月亮。流连在一棵五百年古柏下，抚摸着它那坚硬而光滑的树干，风雨雷电不能击垮它，地震不能撼倒它，即使在冬日里，它也依旧绿意盎然。本想去“问云山庄”，问问那天上的云，不曾想，它却紧闭大门。山间小路上的串串风铃，在阵阵微风里，发出清脆悦耳的叮铃声。那声音似乎在告诉我，玲儿随风响，人的思想和感情，也应自然地流淌。

步入一条弯曲而悠长的小巷，一棵黑乎乎的大树，悠然横卧在小巷半空。树干上“小心碰头”的提醒牌，让行人不得不埋下高贵的头，弯下笔直的腰。我真担心那些飘飘然的诗人，会不会与大树来一次痛彻心扉的拥抱。大树的分枝，有的压在这边的屋顶上，有的骑在那边的墙头上。丽江人尊重树木，不亚于孩子孝顺父母。

在过街楼下经过，一阵悠扬的乐曲声飘荡在耳畔，本想追随那声音而去，但想声音会常在，于是，就想去看看三眼井。远远望见一女子，在一方清澈的池子旁，埋头洗菜。先是不解，待目睹一旁的雕像和三眼井用水公约后，才如梦初醒。能用如此清澈的流水洗菜，想必陶渊明也不曾奢望。

街头乐曲声消失一阵后，又在耳畔响起，那声音实在勾魂，我加快了脚步，东张西望地追寻它的发源地。突然瞥见一辆环卫车在街头驶过，那舒缓而动听的旋律跟随着环卫车，就像影子跟着人。拐了一个弯，环卫车不见了，乐曲声也渐渐小了，直至被树叶的沙沙声和街头的脚步声淹没。我步入一家小店，问那店主人，刚才的乐曲声是不是环卫车发出的，她说正是它。

太阳出来了，石板路上映着柳树的黑影。温和的阳光里，飘洒着蒙蒙细雨，人们纷纷撑开五颜六色的伞，既遮阳，又挡雨。我抬起头，伸出手，沐浴阳光的温暖，享受雨水的清凉。

白龙文化广场上，绿树成荫，树枝上吊着东一个西一个鸟笼，鸟声悦耳。我请教一位养鸟人，他给我讲了很多鸟的故事。他说鸟也会流泪，他说他始终听不懂鸟的话。我为他的鸟儿叹息，它独守空房，没有妻儿可拥抱，没有同伴可打闹。然而，鸟的声音是那样的快乐，莫非它是一个足不出户的秀才，丽江的清风明月，让它甘守笼中的孤独和寂寞。

一条小河，依偎着石板路，在一堵粉墙下，缓缓地流淌。一位满脸艺术气息的青年男子，拖着行李箱，若有所思地向我走来。一位拎着包的风雅女子，闪进那小巷的拐弯处，感叹号般的马尾发和墙上的青藤一起，缠住了多少路人的心。

不知谁家的门旁和屋顶上，藤叶茂盛，红花怒放。风儿用它无形又无情的手，将片片盛极而衰的花儿摘下，狠心地扔在坚硬的石板路上。门前没有流水，花儿不能随波逐流；路上没有泥土，花儿不能化作秋泥。看，收留它的却是，老环卫工的扫帚和簸箕。那些绿叶丛中的鲜花，低头望着地上可怜的落花，似乎在发出共同的声音：珍惜当下啊！尽情地开放吧！莫负短暂的年华！

太阳只是露了一下脸，便不见了踪影。雨开始淅淅沥沥地下，小河里泛起了星星点点的涟漪。一阵阵鼓声，盖过了风声和雨声。顺着那鼓声望去，只见一家小乐器店里，立着一位绸衣姑娘，双手忘情地击打着小鼓。她戴副眼镜，白月般的脸上，洋溢着无数快乐的音符。丽江的雨，也被她的鼓声感染了，在对面的河里，轻声地唱着歌。

来到木府大门前，雨逼停了我的脚步。我立在小河边，看水草在河里扭腰，看雨珠在河面跳舞。雨珠落下时明明那么小，跳起舞来却偏偏那么大，就像火柴点燃蜡烛，就像一只雄鸡的叫声，唤醒了众多雄鸡的沉默。

路还很长，我不能长久地停歇，于是，踏着湿漉漉的石板路，继续前行。万子桥出现在眼前了。桥身显得很古老，两边长着茂盛的青草。桥下清浅的秋水，在鹅卵石上，片刻不停地奔流。桥头走来一对青年，他的手伸得很长，为她高高举着伞。他们之间好像隔着一堵无形的墙。他浑身淋湿在雨里，只求与她一路同行；她脸上罩着愁云，只想与他界限分明。走着，走着，她与他，慢慢地，慢慢地靠近了。他日若能共度爱河，别忘了，古城窄窄的桥，密密的雨。

大石桥有两个孔，在古城，算是够高，够长，够宽了。桥边长着令人怜爱的草。桥下河水哗哗流，两岸青藤披挂而下，鲜花盛情开放。小河上空，绿树掩映。小河不慌不忙地奔流，有时捎走几朵花，有时卷走几根草。

漫步古城，那些浪漫的客栈，很能打动人。一些客栈的名字，寄托着主人宁静致远的心愿，反映着他们崇高的文化品位。主人用绿色植物精心装点着客栈，就像慈母想方设法，打扮着即将出嫁的女儿。古城的客栈星罗棋布，互相争辉，似朵朵鲜花点缀草地，似片片风帆装点湖面。

酒吧、咖啡馆，各种各样的小店，也不甘示弱。路过一家名为“某某调茶局”的小店，看着那店牌，比喝了碧螺春还兴奋，比看了小品演出还开心。我放缓了脚步，笑着经过这家小店。

小河滋润着古城。清澈的河水，能照亮你的心，能冲走的忧伤。河水流过千家万户门前，白天为主人送行，晚上为主人轻歌。

在古城，你不得不慢下来。再豪华的汽车，也无法在古城招摇过市。本以为，自行车可以在这里大显身手，哪知道，人们都是靠着双脚走。因为走，你才能常回首，回首小伙子动情的歌声，回首姑娘欢乐的鼓声。因为走，你才能把细雨想象成一根根银线，把屋檐下的滴水想象成一串串珍珠。因为走，你才能遇见彼此仰慕的目光，遇见同是天涯寻梦人。

丽江的歌声、鼓声、风铃声，还有那迷魂的乐曲声，应和着高山流水的浅唱低吟声。古城怎寂寞？古城多活泼！

夜晚，古城的天空，白云如烟。一小片薄云，像轻纱一样，罩着皎洁的月亮。月亮若隐若现，时而随着那流水，东奔西走；时而在黑色的屋顶上，遍洒清辉。

愿做桂林的白鹭翩翩飞

江边，竹影稀稀落落，阳光穿过竹叶，洒落在游人身上。岸边草丛里，白花点点，向微风绽放出灿烂的笑脸。几只红蜻蜓，在江边轻盈地飞。青青的水草，在河里悠悠地摇。

从磨盘山码头登船，我的思绪就随着漓江漂流。

一群白鹭立在浅水处，交头接耳，翅膀很想翩翩起舞。几只白鹭飞上了天，在漓江的上空翩跹。绿水里的鹭影，静的，如恒星；动的，如浮云。

阳光洒在江面上，河底的细沙碎石历历在目。那些浑圆的鹅卵石，好像要化身为一片树叶，一条小鱼，浮出水面。河水太清，我的目光穿透得太深，总觉船底与河床，在卿卿我我。

江中有片小洲，洲上长着青草。一只白鹭，从草丛里钻出，贴近水面飞。

水边沙地里，一群白鹭，隐隐约约地站成一长排，静静地等着鱼儿浮现。

岸边有很多洞穴，让我想起草地里的帐篷，想起蒙古包。如果有条乌篷船，泊在洞里该多好，烈日下可以品一杯凉茶，暴雨里可以看水面开花。

一处白沙地里，棵棵小树，倾斜着长。我不知道，它们是要跟着流水跑，还是被那潇潇洒洒的风儿迷倒。绿色的小树，想追风逐浪，而它黑色的影子，却被白沙挽留。

一群鸭子，在江水里嬉戏，有的挺起笨拙的身体，欢快地拍打着翅膀，有的扭头啄着背上的羽毛。

江面有时直，有时弯；有时窄，有时宽。江面直时，可以看到群峰向你身后退去；江面弯时，可以看到起伏的山峰，向你款款走来。江面窄时，游船便乖乖地，一艘接一艘地通过；江面宽时，游船就像选手比赛，快速地擦肩而过。

前方浅水处，立着两排白鹭，依稀模糊，如银河里的点点繁星。

江边矗立着座座山峰。抬眼望，忽见山腰外，江面上，数不清的白鹭，飘飘荡荡，似风中潇潇洒洒的飞雪，又如仙女撒下的朵朵白花。我恨不得跟着风儿，去追随它们，哪怕到天涯。稍近了，看见它们白色的翅膀，好像要搂抱大地。它们游戏在山水间，青山不语可挡风，水中有鱼可饱腹。

一些细流汇入漓江，你可以想象，它们滑过了多少绿色的山坡，穿过了多少幽深的山谷。一些弯曲的或笔直的小路，从林间奔向江边，江边停着很多竹筏。林子后面隐约着一些小屋，不知是谁的家。

一群羊在江边漫步，游船经过，排排白浪奔向它们，羊群掉头便走。鸭子胆子大，它们在船边游来荡去。一只鸭子独自逍遥，拨动着双掌，像船夫轻摇双桨。

一个扎马尾的小女孩，沉浸在浅水里。江底的青草，为她铺上了软绵绵的地毯。她光着上身，一会儿扑向这边，一会儿扑向那边。她脸上挂满笑容，她父亲蹲在台阶上，若无其事地发着呆。江水清澈，她那小小的身体，仿佛一朵白云，倒映在水里。

岸边翠竹的影子，掉落在透明的江水里。水里的青草摇摇摆摆，像一群活泼的孩子，天真地挥着手。我实在难以分清哪是竹影，哪是水草，它们就像一对绿衣双胞胎，我等匆匆过客，如何分得清。

裸露的悬崖，有的像块块古老的墙砖，有的像灰色的千层糕。它们在江边露着老脸，诉说着大自然的巧夺天工。

江中泊着个竹排，竹排上放着把小椅，椅上坐着个文质彬彬的男子，男子头戴斗笠。他左手握着根竹篙，插在水里，不让竹排随意漂流；右手握着根黑色钓竿，全神贯注地注视着水里的一举一动。他突然挥起鱼竿，但见钩上空空如也。他没有失望，继续耐心地等待鱼儿出现。这时，旁边的水里，忽然有了大动静，莫不是一条大鱼？令我哭笑不得的是，水中冒出个水淋淋的大脑袋，是个高手在潜水，浮出水面时，那蓝色的衣服格外显眼。不知他要吓跑多少鱼儿，而竹排上的钓者，又不能将他当鸭子赶。

一片草地里，几头水牛，边走边吃草。浅水里，一头水牛正往岸上小跑，另有两头，舒舒服服地趴在水里，露出黑乎乎的头。江水很清凉，它俩一直赖在水里，不肯起身。牛儿该有多自由，我没看出它们有任何忧愁。

天阴沉下来了，雨开始下了。江中两个男子，面对面地抖动着白丝网，网上缠着条大鱼，远看就像蛛网上缠着一只昆虫。他们取下鱼，又将丝网放入水中。唉，不知又有多少可怜的鱼儿，要自投罗网。

船到阳朔时，雨停了，我下了船，漫步在江边。江中的一个裸身男孩，吸引了我的目光。

孩子捞起一把水草，放在父亲颈上，算是送给父亲一条绿围巾。

父亲埋下头，只露出光溜溜的背，儿子便手忙脚乱地捞起一把又一把水草，迅速盖在父亲背上。看，他正吃力地捞起了一大把水草，弯下身来，慢慢地在父亲背上平铺开来。父亲的背，已经由光秃秃，变成了绿油油，毛绒绒。儿子又算是给父亲送了件绿上衣。父亲背上的水草越来越厚了，当他埋下头，露出黑色的头发时，俨然成了江中一只大乌龟。

后来，父亲的黑发上，手臂上，也被儿子盖满了水草，父亲终于变成了一只可爱的青蛙。

儿子心满意足了，将父亲身上的水草提起来，用力地放在小小的肩膀上。

接着，他把水草围在腰间，做成了一条绿色的植物裙。他还自豪地挺了挺小肚子，双手放到身后，试图把水草扎起来。扎不住水草，他便两手一甩，把那绿衣般的水草抛向了空中。于是，漓江之上，便飘散着一个绿色的梦影。

江上飘来一片竹排，竹排中间放着把椅子，竹排前面是鱼篓和悬着的灯。一个黑衣渔夫，在竹排上走来走去，一只鸬鹚守在椅子旁，一只鸬鹚守在鱼篓边。渔夫坐了下来，一左一右地撑着竹篙，就像在江水里，一撇一捺地写着一个又一个“八”字。鸬鹚抬起头，悠然地望着岸边的山峰。竹排上三个凯旋的黑影，不知醉倒了多少路过的清风。

浅水处的游鱼清晰可见，尽管它们不时穿梭在青草间。孩子们下到水里，弯腰捉鱼。水中的螺蛳很安静，人们睁大眼睛捡起来，又把它们当作开心果，抛向水中。

漓江边的山峰，错落有致，总是让我心潮起伏。做一朵天上的白云该有多好，可以快乐地荡秋千，从这个山头荡到那个山巅；可以与山头拥抱，可以在山洼里睡觉；可以看旭日爬上低低高高的山顶，可以看夕阳坠入高高低低的山坳。

我羡慕漓江里的鱼，可以在江水里到处跑；我羡慕漓江上的白鹭，可以在群峰间到处绕。

那拉提的清香绕山腰

前往空中草原，一条小河注入巩乃斯河，汇合处，垂柳亭亭玉立。天空蔚蓝，巩乃斯河受了两岸草地和树木的感染，碧玉般的绿。

车子沿着峡谷蜿蜒而上，峡谷内青草绵绵，果树婆娑。一回头，一抬眼，一转身，丝绸般细腻的山谷起起伏伏。青草丛中，开着东一片西一片淡黄的花。花草丛中，苹果树蓬勃向上，生长在绿色山坡上。花开时节，满树白花，如朵朵洁白的云，如堆堆耀眼的雪，在碧绿草地的烘托下，在悠闲羊群的点缀下，在骄阳的映照下，谁不为之神魂颠倒。

站在天界台上远眺，在群山的怀抱里，空中草原绿毯般舒展。远处的雪山，给夏日的草原带来了无限清凉。

深入空中草原腹地，远处白色的蒙古包星星点点，近处白色的花儿开满路边。牛儿在喝着清澈的河水，河水温情脉脉，银光闪闪。马儿在吃着茂盛的草，快活的尾巴，在清风里慢慢地摇。

来到小河边，一座木桥跨过两岸，河边紫色的花儿开得正艳，河水很浅，清澈得可以看见河里的一丝一毫。桥栏上，坐着个年轻女子，看到自己的青春像这河水般流淌，不知是在惋惜，还是在自豪。要问河水从哪里来，你得去问那远处的雪山。

一只燕子在蒙古包里盘旋，我问主人，这燕子为何久久不肯离去，主人说，蒙古包便是它的家。游牧人家里，有骏马等着你驰骋在山脚；有骆驼穿上了绿衣，趴在地上一动不动；有羊儿拉着篷车，苦等小孩乘坐；有人穿着艳丽的服装，蹲在花草丛中，想做一回草原新娘。

回到出发地，忽见一块黑色电子屏上，跳出一排红字，“空中草原，一见倾情，再见倾心”。此时此刻，恰巧一位哈萨克族姑娘，翩翩地，路过电子屏旁。她那纯朴的模样，令人难忘。

前往河谷草原，羡慕牛儿在水边吃草，没有任何人打扰。一只孤独的雄鹰，在蓝天里展翅盘旋，不知是在寻觅心上人，还是在寻找可口的午餐？河谷地带，有的青草已收割好，打成了方捆，被车子拉着往外跑。

塔吾萨尼是人流集聚的地方，近处草地里黄花点点。对面山坡，凹陷得像巨大的被窝，被窝软绵绵，绿油油，足以安顿下你渺小的身体和无边的想象。山坡后面是墨绿的树林和隐约的雪山。

乌孙古墓旁的草地里立着一排大石块，周边的树木神态各异，仿佛亡者灵魂的寄托。一旁的山坡凹凸有致，树在山坡上做游戏，有的手拉手，有的肩并肩，有的在拥抱，有的在作揖。近处的白云，快要吻着绿色的山头；远处的白云，和雪山若即若离。

清澈的小溪从山谷里流出，水底和溪边散落着形状各异的石头，青草和野花铺满溪旁。溪边的怪树，枝桠偏要伸到溪流上。溪水旁，山包下，白色的蒙古包紧挨着一间小屋，屋顶长满乱草。树影还小，正慢慢地，慢慢地，往小屋身边跑。

河谷地带，骑马的人真多。马蹄飞奔，人身颠簸，颠去的是昨日坎坷。马背上，长发飘飘，飘来的是一首首青春之歌。

乘电瓶车游览盘龙谷道是惬意的，凉风轻拂脸庞，花草树木不断涌入眼帘。车子停在高处，有人骑马消失在山腰的树林里。路在山腰间蜿蜒，树林刚刚还在脚下，转眼便跑到了头顶。空气清新，花香扑鼻，我一次次深呼吸，感觉就像云儿飘荡在天空，就像鱼儿回到了水中。阳光下，树影里，耀眼的青草白花，齐刷刷地挤满路边。一路好花应接不暇，当你正回首身后徐徐隐退的白花时，前方的鲜花又借着风，借着阳光，向你迎面扑来，花容扑到了你眼前，花香扑进了你心脾。

来到了一处蒙古包，但见一个小女孩，黄头发蓝眼睛，牵着一只山羊缓缓走来。她天真无邪，害羞得像一朵低头的向日葵，半天不说一句话。我问它为什么牵着山羊不放，她说，照相。我带了头，后面不少人跟上。当我把钱递给她时，她激动得像一举成名的艺人。

经过一棵老树，车子继续下行。山谷草地的树荫下，溪水边，睡着一个男子。难道花香也能让他沉醉？难道溪水也能为他催眠？难道树荫也能为他营造一片静夜？再往下，在一片黄白交织的花丛中，在树荫里，躺着两个女子，不知她们是在谈古论今，还是在与花草交心。

巩乃斯河在青草绿树间流淌，明媚的阳光下，碧绿的河水里，三三两两的男子，泡在河水里，任河水冲刷双腿，任太阳抚摸光背。岸边几个男子，羡慕他们，正在脱去衣服，跃跃欲试，他们也想体会一下河水的清凉，太阳的热烈。

一位男子，悄悄地蹲在岸边草丛里，耐心地举着钓竿，全神贯注地看着河里的一举一动。钓者将自己的心，连同鱼钩一起，投入了巩乃斯河。

那拉提草原凸起的山包，让我久久回味。山包柔和，像母亲的怀抱；山包碧绿，像姑娘穿上了崭新的绿装；山包上鲜花隐约，像佳人身着素雅的花裙。

山包的形状总是让我心生幻想，有的像香喷喷的馒头，真想凑上去咬几口，有的像孩子两个滚圆的屁股，真想轻轻地摸上几下，有的像宽阔的牛背，真想跨过去骑上一程。

张家界的无声语言

从水绕四门开始，沿着金鞭溪，我一路漫步在森林里。溪水清澈见底，大小石头和细沙，历历在目。

溪水上，有处落差较大的地方，形成了瀑布，一条条白花花的溪水披挂而下，如一块块抖动的白布。瀑布下的小潭里，水草亮绿，鱼儿游戏在草丛中，一扭头，一摆尾，都能看得清清楚楚。

一只可怜的蓝蜻蜓，不知是迷恋于水底的青草，还是迷恋于自己的身影，跌进透明的水里。那蓝色的精灵，漂浮在水面上，怎么也不能展翅起飞。另两只蓝蜻蜓，或许是它的亲人，在水面上盘旋，它们冒着生命危险，一次次贴近水里的蜻蜓，一次次无可奈何地松手。当它们够着水面时，落水蜻蜓的身边，泛开了阵阵涟漪。那涟漪阵阵泛起的地方，或将成为，施救者身体的墓穴，精神的墓碑。施救者的能力有限，它们的爱意无穷。直到我离开时，它们还在向落难者伸出援助之手，依依不舍地！

溪水透明得好像根本不存在，鱼儿就像在空气里游，哦，不对，应该是慢慢地飞。那些奇形怪状的小石头也格外显眼，好像在争着让我给取个名。

一棵大树，在一堆岩石丛中，顽强地生长。想当初，幼小的树根，只能悄悄地潜入岩石微小的裂缝里。坚固的岩石，根本不把柔弱的树根放在眼里。天长日久，树根不断地长大，对岩石缝隙不停地推，不停地挤。结果呢？结果就是我眼前的岩石四分五裂，根儿不断地变粗，岩石不断地变碎。

溪畔的石头上，覆盖着绿油油的青苔。别怕石头冷若冰霜，别怕石头铁面无情，青苔都能占有石头结实的身体，我们为何不能占有石头不朽的魂灵？

溪边的一些高大悬崖上，垂下根根青藤，想沾染一下溪水温润的气息。溪畔的高大树木，笔直地冲上天，争着与阳光亲近。那些缠绵的藤，从这棵树上，绕到那棵树上，从树脚下，爬到树梢上。那些老死不相往来的树，被藤连在了一起，就像恋人牵起他们的手。

几根朽木，黑乎乎的，躺在绿草丛中。朽木上长出了星星点点灰白的蘑菇，又圆又嫩。大自然就是这样生生不息，树木倒下了，蘑菇新生了。

天空中突然洒下缕缕阳光。阴凉的石板道上，泛起了零碎的日光。大树枝上，细腻的青苔，绿得亮眼。明亮的溪水里，树干白色的倒影，唤醒了黑色鹅卵石沉沉的睡梦。阳光光临的地方，树叶精神百倍。树叶的影子落在大石块上，亮堂的石块，立即开出了朵朵黑花。

天，很快又阴了下来，溪畔的绿色，更浓，更深了。

过跳鱼潭，忽见石板小路的上空，横着一棵倾倒的树。再看那树根，一部分翘起，一部分埋在土里，树身横着穿过两棵树中间，树的末端，压在另一棵树的横枝上。

横枝被压着的地方，微微下凹，就像弯弯的手臂，紧紧搂着即将跌倒的人。这根横枝，很有耐力，它本可以自由地舒展，如今却吃力地下垂。我来来回回，反反复复地打量着这两棵生死之交的树。另一棵树助了一臂之力，“倒树”绝处逢生。它们的故事至今还在上演。

走过横在溪上的一座小桥，一只小鸟在桥下蹦蹦跳跳。小鸟一会儿望着流淌的溪水，假装若有所思；一会儿躲到草丛里，与我的眼光捉迷藏。

金鞭溪旁的峰林，会让人平生许多想象。如果你把它们想象成不同的人，那么它们的共同之处是：虽饱经风霜雨雪，依然昂立不倒！虽沉默不语，依然翘首望天，依然与日月星辰进行光明的对话！

西双版纳的植物情深意长

在中国科学院西双版纳热带植物园，我遇到了意想不到的好天气。乘坐游览车，在植物园里穿梭，凉风习习，树荫遍地，日光点点。清新的空气，满眼的绿色，让人活力四射。

一棵大榕树，扎根在贫瘠的乱石堆上。那些顽固不化的坚硬岩石，铁青着脸，冷酷无情地阻碍着根的发展。面对龇牙咧嘴的石崖，我眼前的榕树根，没有退缩，它们向往土地，就像树梢向往天空。看，那些笔直的根，在石崖上披挂而下，就像一条小瀑布，勇敢地跳下悬崖，投身大地。

一棵大树，根部裸露在地面上，一条板根又高又长，像一堵古老的城墙。还有些板根，说像木板，那是看扁了它们，因为这些根是那样的厚实，更像巨鲸。又见一棵大树，张开着大板根，迎面望去，就像一个人字形的大山洞，一个女子走到板根旁，小得就像幼儿伴着爹和娘。

我们见惯了花开在枝头，如果有人说那饱经风霜的、又老又粗的树干上，也能开花结果，你信吗？请看，我面前不起眼的树干上，就吊着几个碧绿的果子。当初它们开花的情形，会让我想起什么？我会想到夕阳无限好，纵然近黄昏；我会想到都江堰，老旧而不朽。

置身热带雨林，浮现一片空中花园，并不是异想天开的事。抬眼望，一根根努力向上的细藤，想方设法地爬到树顶上，争取着阳光的眷顾。待到花开时节，这里该是何等热闹。树顶上，一朵朵鲜艳的花儿，露出灿烂的笑脸。那些贪心的虫儿，朝三暮四，一会儿抱着这朵花儿，亲它的蕊，一会儿搂着那朵花儿，甜蜜地睡。林下的你啊，就别问清风从哪里来，就别问花香到哪里去。你就多喝几口林间的空气吧，也许从此会茅塞顿开。

该讲一讲“铁树王”的故事了，它们的故土在哪里，我不得而知，只知道它们如今在这里安了家。这三棵铁树，经历过近千年的风雨洗礼，其中一棵，下身凹凹凸凸，沧桑感十足，望着它，仿佛一眼望到了好几个朝代。

来到一棵望天树下，但见它挺拔的身姿，直插蓝天。其他树木，一棵棵拜倒在它脚下。望天树啊，你牢牢扎根于大地，你的梦想却在苍天。你经受了多少狂风的袭击，还有电闪雷劈。你心中的苍天在哪里？是不是白云游荡过的地方？是不是月亮漂泊过的地方？是不是太阳路过的地方？是不是星星眨眼的地方？

太阳渐渐西坠，我迈着匆匆的脚步，找到了跳舞草，如获至宝。此时，我多想看看片片嫩叶，是如何翩翩起舞。我使劲咳嗽了几声，但叶子无动于衷。跳舞草啊，如果我身边有位歌手，为你献上几首优雅的抒情歌曲，那该有多好。那时，你也许会轻舞绿色的身姿，用情深意长的肢体语言告诉我，植物也懂滴水之恩。那些纯朴的植物，虽难以做到朝恩夕报，但它们可以用绿叶、鲜花和果实，在漫长的岁月里，慢慢地，慢慢地报答人们的养育之恩。人与人的交流在一瞬间，人与植物的交流，却像细水长流。跳舞草啊，有人只看表象，叫你无风自动草；有人贬低你的品格，喊你风流草；我觉得叫你重情草，才配得上你那超凡脱俗的灵魂。

至于那酒瓶椰，我总想多看几眼。说它像酒瓶，但世间的酒瓶哪有这么大，能容得下千杯万杯佳酿。我说酒瓶椰更像孕妇，不是吗?你看，它与她一样，也披着秀发，伸着修长的脖子，挺着滚圆的肚子。

在百花园，文学与科学，有机地结合，就像旭日温暖了冰冷的湖面。百花园里，青草遍地，四处蔓延。夕阳将草地染成了亮堂的金黄，树影在草地里笔直地躺着，比树身要长。

百花园里匍匐着弯弯曲曲的水面，清澈的水里，长着绿油油的可爱植物，有的躺在水面上，有的傲立水中。鱼儿在水里东游西荡，云影和树影，还有星星点点的花影，便在清水里摇摇晃晃。几棵树影，跑到了几片圆叶下面，远看，就像圆叶伸入水里的根与须。

天空蔚蓝，空气透明，丝丝白云，轻纱般飘逸在天边。怒放的鲜花，缀满枝头，让人真想在花丛里长停留。百花园里，地势起伏，一处绿油油的坡地，开阔而明亮，挽留了我漂浮的思绪。

我在百花园里徘徊，徘徊，直到夕阳渐渐落下，直到远处的山影渐渐模糊，模糊。

图书在版编目(CIP)数据

路遇最美风景/月又白著.—上海:东方出版中心,2019.5

ISBN 978-7-5473-1407-4

Ⅰ.①路… Ⅱ.①月… Ⅲ.①游记-作品集-中国-当代 Ⅳ.①I267.4

中国版本图书馆 CIP 数据核字(2018)第 296989 号

路遇最美风景

出版发行:东方出版中心
地　　址:上海市仙霞路 345 号
电　　话:(021)62417400
邮政编码:200336
经　　销:全国新华书店
印　　刷:上海万卷印刷股份有限公司
开　　本:890 mm×1240 mm　1/32
字　　数:146 千字
印　　张:6
版　　次:2019 年 5 月第 1 版第 1 次印刷
ISBN 978-7-5473-1407-4
定　　价:29.00 元